细数浮生万千绪

张嘉丽 著

浙江工商大学出版社 | 杭州
ZHEJIANG GONGSHANG UNIVERSITY PRESS

图书在版编目（CIP）数据

细数浮生万千绪 / 张嘉丽著 . — 杭州 : 浙江工商
大学出版社, 2024.5

ISBN 978-7-5178-6016-7

Ⅰ . ①细… Ⅱ . ①张… Ⅲ . ①散文集－中国－当代
Ⅳ . ①I267

中国国家版本馆 CIP 数据核字（2024）第 094125 号

细数浮生万千绪
XISHU FUSHENG WANQIAN XU

张嘉丽 著

策划编辑	王黎明
责任编辑	张 玲
责任校对	胡辰怡
封面设计	林朦朦
责任印制	包建辉
出版发行	浙江工商大学出版社
	（杭州市教工路 198 号　邮政编码 310012）
	（E-mail：zjgsupress@163.com）
	（网址：http://www.zjgsupress.com）
	电话：0571-88904980，88831806（传真）
排　　版	浙江大千时代文化传媒有限公司
印　　刷	杭州宏雅印刷有限公司
开　　本	880 mm × 1230 mm 1/32
印　　张	8.625
字　　数	215 千
版 印 次	2024 年 5 月第 1 版　2024 年 5 月第 1 次印刷
书　　号	ISBN 978-7-5178-6016-7
定　　价	68.00 元

CONTENT

目　录

如诗般的八角井

　　在旧时的大宅里，或影视作品里，我们时常会看到一些古井。它们的外形各不相同，有圆形、方形、六角形、八角形、外方内圆形、内圆外六角形……有些井栏上还刻有文字和图案，配有汲水辘轳，上面装有摇转手柄的轴。绳索一端绕于轴上，一端系着水桶，摇转手柄时，水便从井中汲出。甚至有些井的上方还配置有井亭，这样的井总让人有种恍若隔世之感。

　　井，有的建于古宅或村舍之间，有的建于林木之中。明代文震亨在《长物志·凿井》里曾描述道："凿井须于竹树之下，深见泉脉，上置辘轳引汲，不则盖一小亭覆之。"印象里，古井也应是这种模样。无论建于园林还是庭院，无论用于灌溉还是饮用，一眼清泉，不仅能给人带来生命之源，还能给人带来水的清冽与诗情画意。

　　于是便有了毛文锡的"昨夜微雨，飘洒庭中，忽闻声滴井边桐"，苏轼的"井桐双照新妆冷，冷妆新照双桐井。羞对井花愁，愁花井对羞"。这样一来，凡有关井的，都平添了一层意境。

　　文成也有许多井，种类也不同，有土井、石井、砖井等。它们大多已废弃，要么井水受了污染，要么井水干涸，但有一些仍在使用，井水依然清冽甘醇。当你俯身望向井中，可以看到天空与四季不同的景色。众多的井中，我对盘谷八角井的印象要深刻一些。

　　初听"盘谷"一词，想到的却是那位传说中开天辟地的巨人。盘古头顶天，脚踏地，将混沌一团的天地分开，将呼出的气变成风和云，将眼睛变成太阳和月亮，将手足与身躯变成大地和山川。这儿的盘谷，仅是一个村。

　　盘谷位于南田刘基庙旁，华盖山西北鸡山下，四周山水盘旋，村子坐落于两山峡谷之地，形若一只圆盘，故名盘谷。村子也因刘基后人刘廌于洪武年间罢官后归隐于此而扬名。

　　八角井便位于盘谷村前的田中。井台呈正六边形，由规整的条形花岗岩石铺就。井栏呈八角形，由八块梯形花岗岩石紧密砌筑而成，故当地人称八角井。八角井里的水为地下水，水质清澈，冬暖夏凉，现村民仍在使用。

　　第一次看到八角井时，是在夏季，远远就看到八角井上方的六角亭。亭四周种有茭白，彼时茭白长得正盛，半人多高，望过去是满眼的绿。茭白的叶片修长且美，长长的叶子在风中如水袖般舞动。风

八角井

过，叶片如水般，向着一个方向翻涌，叶与叶互相摩擦着，沙沙作响，仿佛情人间的绵绵絮语。透过茭白叶间隙，还可看到田边的盘谷第古民居，及周边的风景。田野与古建筑的色调如油画一般。

井的南面有一条由块石铺就的甬道。去井边，得绕到通往村口的那条小路上去，才能走到甬道上。井边立有一块石碑，上面用楷书刻着"伯温泉"三字。我第一次走近八角井时，颇觉新奇，对着井观看了半天。

此后，每次经过此处，都忍不住到那古井边看一看。远看八角井古香古色，宛如画中景。走近，俯身井口，井水清冽，看似见底，又不见底，而人的倒影在微漾的波光里随波抖动，显得十分诡异。尤其夏日，掩映在郁郁葱葱的庄稼地中的古井，更显得幽深与不可测。传说此井是刘廌亲手挖掘。

刘廌为刘基长孙、刘琏长子，明洪武二十三年（1390）袭封诚意伯。袭爵后，逢朝中奸臣掌权，祖父、父亲均被胡惟庸所害，刘廌遂无心仕途。洪武二十四年（1391），他以奉亲守墓为由辞官，而后归隐于盘谷，在此筑室而居，名曰盘谷第。回乡后，刘廌过着闲云野鹤般的生活，并借诗文以抒发情怀。

盘谷也因刘廌在此居住而闻名。在盘谷生活期间，刘廌写下不少佳作诗篇，著有《盘谷集》十卷、《盘谷唱和集》二卷。《盘谷唱和集》的序中曾对其生活进行描述："刘廌居于盘谷时，闲居无事，常常流连山水之间，或登山纵目，或临水濯缨，凡高坡曲涧，无不流连其间，至于一松一竹、一泉一石，皆为幽胜装点，在其眼中，无论是山花竞放，还是野鸟时鸣，耕前樵后，渔歌牧唱，无一不可视听。"于是，就留下了"幽居盘谷中，青山为四邻。山以我为主，我以山为宾。……有怀对山写，有咏向山陈。我不厌山高，山不厌我贫……"的诗句。这首《盘居即事》便是刘廌当时生活的真实写照。这种归隐于山水之间，

盘谷亭

盘谷亭一角

世外桃源般的神仙生活，至今仍令人向往。

归隐盘谷时，刘鹰在诗中曾写道："愧我辞官盘谷中，凿井开田甘老农。"这大概就是传说八角井由刘鹰所凿的由来。八角井具体凿于何年，并无详细文字记载。《古韵寻踪》里对此井有短短的文字记载，说八角井始建于元代。刘鹰约生于1361年，此时为元末，刘鹰仅是孩童，想必不大可能去凿一口井。若按诗句就推断，八角井由刘鹰所凿，未免牵强，这显然与史料记载的朝代有出入。

另有一说法，说盘谷原名泉谷，唐末松州刺史富韬从河南迁居南田泉谷居住。富氏在此地生活了400余年，留有八角井及古水渠，直到元末明初才迁居梧溪。明时泉谷改称盘谷，此后，八角井亦有盘谷井、八卦井之称。

如果不做文史考证，大可不必纠结八角井的具体建造年代。但它的确是口古井，是口有故事的井。因无详细记载，当年凿此井时，是用于灌溉还是饮用，也就不得而知了。

八角井既不位于院中，也不位于竹树下，想来，雨季，是无法感受到"昨夜微雨，飘洒庭中，忽闻声滴井边桐"的意境的；家中女眷，也无法依井孤赏，对井梳妆了。

尽管八角井未设于庭院与园林之中，但其环境也极幽雅，不失诗情画意。青葱的田野，古色古香的露天六角亭，庄稼后面若隐若现的老树、古屋、小桥、流水、长廊，甬道上的石板路，一眼清泉，一块石碑，自成佳景。

无论风中、雨中、雪中，幽深的古井是田园的诗眼。夏日，游人来到井旁，不但能欣赏到古井的绰约风姿，还能对井自赏，由井中的影像，联想到井所流淌出的生命之源及穿越古今的悠长岁月。爱胡思乱想的人，亦会联想到，井中会不会爬出一个贞子来。

水是生命之源。细思井文化，井自发明以来，就成为人类繁衍生息的重要水源之一。打井汲水，是古人开发利用地下水资源的重要途径。人们饮水用之，灌溉用之，洗涮用之。在没有自来水，用地下水的时代，水井便与人们的生存息息相关。于是便有了"滋养生命的井、灌溉五谷的井、政治的井、军事的井……在悠悠岁月中，井流淌出永汲不竭的文化之玉液琼浆"之说了。

而那些曾在老宅里住过，与多户人家共用一口井的人，对井会有更多的感触。他们共用一口井，同饮一井水，幼时在井边玩耍过，打闹过，于是便会有更多不同于他人的记忆。以前没有冰箱，民间多借助于井来藏物保鲜。炎炎夏日，人们将瓜果、汽水等物用篮子吊着，置于井中，食用时取之，被井水冰镇过的瓜果清凉可口，是夏天最好的防暑食物；被井水冰镇过的汽水，也特别凉爽解渴。如今，很难吃到与喝到那些东西了，回忆起来，井与它们背后皆是"剪不断，理还乱"的乡愁。

在人们的回忆里，井水还有着止渴消暑乃至清心的作用。燥热的夏季，喝上一碗甘甜清冽的井水，人们会感受到沁人肺腑的清凉和畅快。盘谷村的八角井，是否也给许多人带来清凉、甘醇，以及难忘的回忆？我未饮用过此井的水，对它的印象也多来自外观，以及他人的记忆。书写出来的，仅是浮光掠影！

如今，每日食用自来水与纯净水的我们已不知井水的滋味，只能从影视作品和文学作品中感受那种对井水的渴望与饮用时的畅快淋漓，以及只能站到一口井边，看到井壁虽布满青苔，井内一汪水仍清澈见底时发出一声感叹了！

井离我们越来越远。

如果心中需要一口井，我亦希望那口井即便不凿于竹树之下，也应凿于环境幽雅的田间。像盘谷八角井，如诗般，总会给人留下一些美好，以及希望的小尾巴！

客窗夜话与蕉叶琴

琴棋书画历来被视为文人雅士修身养性的必由之路。古琴因其清、和、淡、雅的音乐品格而被文人寄寓了凌风傲骨、超凡脱俗的处世态度，故在琴棋书画中居于首位。

当然弹奏古琴是极难的。我非常羡慕那些精通古琴的人，看到他们静坐于琴前，手指在琴弦上抹、挑、勾、打、滚、拂、转指，并发出悠远缥缈的琴音时，感觉心脏都在震颤。倘若我会这种弹拨，想必会激动得血液都倒流起来。

某天心血来潮想学琴，买琴时，发觉自己不是那块料，瞬间泄了气。但每每听到琴声，仍陷入那种"鼓瑟鼓琴""如鼓瑟琴"的意境之中。我与古琴的距离总是非常遥远，最近的距离是在展览馆、古建筑里，或在某个有些格调的场合里。最亲密的接触，是某年在雁荡山曾与苏羊、东君几位友人夜听上海来的琴师弹琴，那时觉得无限美好。

对于古琴，我印象最深的要数"蕉叶式"，觉得它有几分"窈窕淑女"的味道。再者，便是这种琴与刘基有关。刘基，字伯温，明洪武三年（1370）封诚意伯。

《历代琴人传》中记载，刘伯温善于琴，曾作琴曲《客窗夜话》，此曲是他功成身退，于蓬窗之下，怀今忆古的写照。

明代谢琳的《太古遗音·客窗夜话曲序》中也有记载："是曲乃

诚意伯刘公伯温所作。运策定鼎，功成身退，希迹赤松之游，悠涣篷窗之下，日与同志之士怀今忆古，以伤英雄之图王霸业者，皆如是寥寥矣！因作是曲，附之音律，以畅其怀云。"清代吴之振辑校《德音堂琴谱·历代圣贤名录》亦云："诚意伯能琴，有《客窗夜话曲》。"

刘伯温善琴，在其笔记《郁离子》中也有体现。文中有一段描写：工之侨得到了一根质地优良的梧桐木，把它制作成琴，弹之，声音美妙如金玉一般。他认为这是天下极珍贵美妙的乐器，便把它献给朝廷。但因乐师不懂其音而被拒……

虽然刘伯温是借工之侨伪造古琴来讽刺元末那些缺乏见识之人好古非今、盲目崇古，以及崇尚虚名、埋没人才的古今悲剧，但从中亦可看出，刘伯温对古琴确实有着某种情怀与了解。

刘伯温不但琴艺出众，还会斫琴。当年他所使用的是一种蕉叶式古琴。其琴首无岳掌而有一叶柄，琴底仿蕉叶之茎，造型精妙秀美，琴音圆润雅致。此琴因琴体造型似蕉叶而被称为"蕉叶式"，又因为刘伯温所制，亦被称为"刘伯温式"。

琴家沈兴顺在《历代琴器概说》中也称，明代造琴之风甚盛，明末《古音正宗》收历代琴式四十四种，其中新增七式：汉绮、正合、梁鸾、清英、雷威万壑松、月瞿仙连珠、刘伯温蕉叶。

我曾见过蕉叶式古琴，其琴身似芭蕉，琴首蕉叶的叶柄向下弯曲，支撑首部，两侧似蕉叶的叶缘，向下略微翘曲，琴体形态秀逸，圆润的线条像流动的音韵，如芭蕉叶般的优美身姿更是体现着文人的浪漫情趣。

人们普遍认为蕉叶琴为刘伯温所创制。

明代汪善吾撰辑的《乐仙琴谱》、清代孔兴诱的《琴苑心传》都将蕉叶琴的创制归在刘伯温名下。古时琴棋书画原是不少有修养的读书人所长，像刘伯温这样一位读书人，会斫琴、作曲，善于琴艺

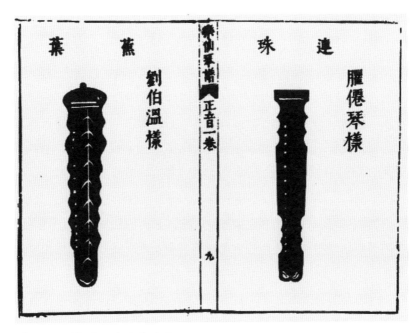

《乐仙琴谱》中记载的蕉叶琴

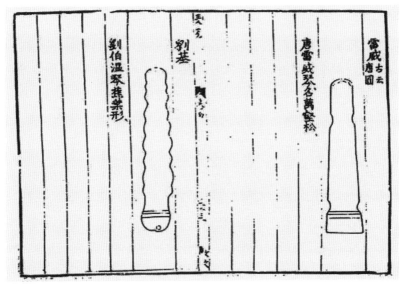

《琴苑心传》中记载的蕉叶琴

似乎也就顺理成章了。

因此，便可想象，当年刘伯温于篷窗之下弹奏《客窗夜话》时，手指下的吟揉余韵细微悠长，时如人语，时如对话，时如人心之绪。当如天籁一般的琴音，由窗下渐行渐远时，遗韵犹绕耳际，袅袅不绝。古人甚至将这种悠扬的琴声比作天乐，说古琴的音律可以通天地万物，甚至能让人达到至静的境界，让人无言而心悦。因此，由古琴演奏的《广陵散》《高山流水》等名曲，都广为流传。

如今，古琴离我们似乎越来越远，能弹奏古琴的人是少之又少，听一曲《客窗夜话》的机会也像等梦一样。在刘伯温去世 600 多年后，人们遥想，当年他所使用的古琴现今在何处呢？多年前，杭州的蒋逸人曾揭晓了刘伯温使用过的一张古琴的去处。

蒋逸人出身诗书之家，从小就接触古代文学，1954 年他在黄岩九峰书院边的道观结识了一名道长，并在这位道长处见到一把珍藏的七弦琴。此琴呈黑色，有光泽，树脂漆，状极古朴。他便问道长能奏演吗？道长告之早年他颇通琴艺，而今已长久不弹了。

在蒋逸人的请求之下，道长同意为其弹奏一曲。弹琴之前，道长先清理了桌上的杂物，打开木窗，点燃一支线香插在一个铜质香炉上。香炉虽小但颇古朴，好奇之下，他发现炉底铸有"大明宣德年制"字样，似为古物。道长问他想听什么琴曲，他说就弹《高山流水》或《广陵散》吧。

道长笑笑，先整衣弄襟、梳理发髻，又从书架拿下一叠用两块木板和布绳夹着的线装琴谱放在窗前，就开始演奏了。琴谱形同汉字，十分古老，也很罕见。弹完，趁道长将琴纳入琴囊时，蒋逸人特意审视了这张古琴，见底面的出音孔中有十二个字"大元至正五年，青田伯温氏置"。

蒋逸人问道长，这琴是刘伯温的遗物吗？怎么 600 余年后到了他

藏于白云观的刘伯温蕉叶式古琴　蒋逸人提供

的手上？道长告诉蒋逸人，前辈如何得到此琴他不清楚。刘伯温本人善弹琴，也能斫琴，他有两把琴，这是其中之一。道长还说，道观的历代师父都教子弟学琴，临终前把此琴传给琴艺最高的人，也不知道传了多少代。

　　蒋逸人回到杭州仍不忘此琴，找到曾在故宫博物院任职的书画鉴定专家朱家济先生。经朱老先生鉴定，这把古琴确实是刘伯温使用过的。之后，古琴几经辗转，到了北京，现藏于北京白云观。

　　古琴是刘伯温生前极其喜爱的一种乐器，文成县博物馆一直有收藏刘伯温古琴的想法，但刘伯温传世遗物不多，除了上海博物馆、"台北故宫博物院"等藏有他的书画之外，再无他物。藏于北京白云观的刘伯温古琴因极其珍贵，势难重归故里。刘伯温后裔刘育诚为此琴魂牵梦绕，多次前往北京白云观，并取得古琴尺寸，又请斫琴高手仿制了一张蕉叶式古琴，捐献给文成县博物馆。

　　现文成县博物馆内的这张古琴虽为仿制品，但造型优雅，音质沉稳，不失古韵。从《高山流水》到《阳关三叠》，在这简单的七弦中，人们似乎能领略到那久违了的瑶琴清响。可那首交织着无数感慨的《客窗夜话》，又有几人能弹呢？

华阳小筑与民国才子

初识"华阳小筑"是在认识刘耀东之子刘天健之后。华阳小筑位于南田镇九都村谢塘岸，为刘耀东旧居，是一座传统的建筑。当年此宅为名流私属地，来往皆人物。

第一次去华阳小筑，是一个春雨绵绵的日子。南田山高，气温偏低，我撑着伞走在小巷中，感到丝丝寒意。好在巷子不深，走不多远便到了。

未进去，先看到由青石砌就的门台，上面阴刻着对联。门台外面立有一块石碑，上面写着"浙江省图书馆临时办公旧址"字样。

华阳小筑建于1917年，是一座由前屋、门台、厢房、正屋组成的合院式木构建筑。房屋为两层，前屋为五开间带左右耳房，两边厢房均为四开间。房梁上雕有凤凰、花草图案，雕工精细。进门处有一块合扇式木制雕花屏风，可以打开。

华阳小筑为刘耀东所建。刘耀东，字祝群，号疢顾居士，南田九都村人，刘基二十世裔孙，曾任《浙江通志稿》副总编纂，是近代著名藏书家、书法家，南田宿儒。其文学成就名噪一时，被誉为"青田三才子"和"括苍四皓"之一。

刘耀东生于清光绪三年（1877），自幼勤奋好学，十一岁便能细研经史，十九岁举邑庠，随后赴处州莲城书院就读，获郡廪生资格。

华阳小筑外景

光绪二十三年（1897），刘耀东从学于晚清经学大师、瑞安孙诒让门下，后又游学杭城，学业大进。

　　年轻时的刘耀东是一个胸怀抱负的人，他奋发图强，刻苦钻研，并于光绪二十八年（1902）留学日本，进入东京私立法政大学，与陈叔通、胡汉民等成为同学。时任浙江留日学生会总干事，负责接待浙江赴日留学之士。光绪三十一年（1905），刘耀东参加以

刘耀东

蔡元培为会长的革命团体"光复会"，次年，拜见孙中山先生，加入"同盟会"。

　　光绪三十二年（1906），刘耀东毕业归国，受聘为温州府学堂讲习。刘耀东学识渊博，金华府学堂慕其名，派人与温州府学堂孙诒

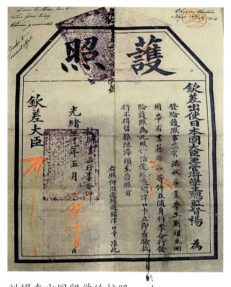

刘耀东出国留学的护照

让商议，借聘其为金华府学堂总讲习。彼时，正是刘耀东施展才华的年纪。

刘耀东思想激进，加入光复会后，积极参与反对清朝封建专制统治的政治活动。宣统元年（1909），他当选浙江省谘议局议员、补资政院议员。辛亥革命后，刘耀东又任松阳、鄞县、宜兴等县知事；1919年，调任江苏镇江海关道任统捐局局长。同年秋，刘耀东辞归故里，住在华阳小筑，开始闭门著书，此后，成为一位很有影响力的乡绅。

华阳小筑原有一块牌匾，悬挂在门上，"华阳小筑"四字为蔡元培所题。蔡元培，中国著名的革命家、教育家、政治家，民国首任教育总长，曾出任北京大学校长。"文革"期间，牌匾遭到破坏，"华阳小筑"四字便不复存在。刘耀东去世后，院内的房屋大都分给村民居住。

当年，刘耀东不仅与蔡元培来往甚密，还与陈叔通、胡汉民、沈钧儒、余绍宋等长期交往，关系甚笃。同时与著名国学大师马一浮、近代鸿儒章太炎、国民党副总裁陈诚、浙江省省长夏超、青田北山杜志远将军等关系密切，声望颇高。

1935年4月，刘耀东还特邀当年留学日本的同窗好友陈叔通及丁辅之、余绍宋等七人到青田。其间，刘耀东与他们一起游览了南田山水、刘基故居、青田石门洞等。各位雅士对景题咏，即兴抒怀写下了不少优美的诗篇。陈叔通回忆起三十多年前二人同在桐江和日本求学的往事，不胜感慨，并作了一首《赠刘祝群》，诗曰：

> 入溪斜趁半帆风，回忆桐江梦影同。
> 最是照人清浅处，惊心衰白已成翁。

回乡后，刘耀东一直热心地方公益事业。他牵头集资修葺刘基庙，出资修建追远祠，兴建岭根岭云来门、辞岭亭，设立刘基祖上墓碑等。在此期间，他还埋头著书立说，编纂印刷了大量书籍。后来，刘耀东又修建九九亭、观稼亭、联箐坊、铁马峰城门、西城门和百丈漈观瀑岭等。当时，南田许多地方都留下了他的足迹。

刘耀东一生笃志于学，治学严谨、学识渊博，尤精于经史。当年，他与缙云赵明止、龙泉吴梓培、松阳吴冠甫，合称"括苍四皓"。刘耀东一生著作甚丰，除编辑《括苍丛书》外，还著有《刘文成公年谱》3卷、《南田山志》14卷、《南田山谈》2卷、《石门题咏录》4卷、《疢顾日记》、《遂昌杂录》等。

《括苍丛书》是刘耀东受浙江省政府之邀，搜求括苍先哲们的杰作而编纂的古籍文献丛书，编纂期间得到了陈诚的支持。全书共90卷，分装30册，从1937年开始，以后逐年编辑印行，一直到新中国成立前夕才告完成。抗战胜利后，陈诚曾出资印刷这套丛书，由商务印书馆重铸一套新的仿宋字模，共计印刷5万套。当时处州下属各县和省藏书单位均有置备，是极珍贵的文化遗产。

《刘文成公年谱》是刘耀东凭自家藏书，并下乡搜集民间轶事，用编年体形式全面记述刘基一生经历的年谱，为后人研究刘基的生平提供了宝贵的资料。此书出版之后，有关刘基的传、故事、小说、戏剧相继涌现，为后人研究刘基文化立下骈骓开道之功。

《南田山志》和《南田山谈》亦是刘耀东为南田留下的珍贵史料。两书全面记述了南田的地理人文风貌，对南田的山水、名胜、古迹、人物、风土、人情、村庄等都有记载，是文成最早的地方乡土志，为后人研究南田的历史及编纂县志提供了模本。

《疢疴日记》则是刘耀东用日记形式，记述 1891—1950 年长达60 年之久的诸多史实，可谓是历史长卷。近年，《疢疴日记》作为文史资料被整理出版，成为许多文史爱好者研究南田及刘耀东个人生平的宝贵资料。

抗战期间，华阳小筑还成为后方避难所。1937 年，杭州沦陷后，浙江省的政府机构、学校等纷纷南迁。浙江省图书馆（通志馆）、浙江省立临时联合高级中学（简称"联高"）等机构先后迁往南田。1942年 6 月，浙江省图书馆迁至南田的南耕公祠，图书便藏在刘耀东的华阳小筑楼上，馆长孙孟晋则住在华阳小筑。1944 年 10 月，刘耀东被浙江省通志馆聘用，编纂《浙江通志稿》。1946 年 9 月，刘耀东被浙江省政府聘用，与龙游余绍宋、瑞安孙孟晋一道编纂《浙江省通志》。

抗战时，来往华阳小筑的名人众多。除孙孟晋外，还有俞寰澄，"联高"校长崔东伯和教师钱南扬、洪焕椿等。

刘天健说，当年钱南扬在南田"联高"教授国文时，就住在华阳小筑右轩尾。他还于 1944 年拜钱南扬为义父，1945 年拜俞寰澄为义父。他父亲时常和钱南扬、俞寰澄聚首论文品诗，如今想来，仍历历在目。刘耀东

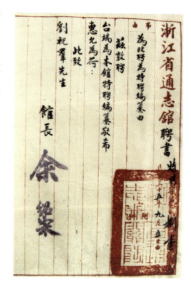

刘耀东的聘书

与社会各界名流的交往，在其《疢颜日记》里也有记载。

刘耀东与文成建县也有一段渊源。当年南田地处偏僻，交通闭塞，离青田县城60多千米。那时百姓出行都靠走路，物资搬运需肩挑人扛。为图方便，百姓购买日常生活所需用品与物资输出都要到15千米外的岭根或30多千米外的大峃进行交易。

1946年，刘耀东建议在青田、瑞安、泰顺三县边缘毗邻的地方析置新县，以方便民众日常生活及物资交易。之后，他便致函国民党高官兼好友陈诚，请求他帮忙呈报。收到来函后，陈诚便致函时任浙江省政府主席沈鸿烈，促沈呈报南京国民政府行政院核批。

在陈诚的帮助下，1946年12月浙江省政府正式核准在青田、瑞安、泰顺三县边区划地建新县，以明朝开国元勋刘基谥号"文成"二字作县名。行政区域包括当时瑞安县的大峃、金樟、峃口、巨屿、珊溪、玉壶，青田县的南田、西坑、黄坦，及泰顺县的汇溪、两岸、翁山等地。1948年7月1日在黄坦文昌阁举行文成县政府成立典礼，国民党人陈志坚为首任县长。当时，挂在县政府大门边上的"文成县政府"五个大字就是刘耀东受邀所写。1950年9月，刘耀东被选为文成县首届人民代表。不幸的是，1951年3月15日，刘耀东去世，享年75岁。

刘耀东去世时，刘天健仅12岁，他对父亲的印象都是童年里的记忆，对华阳小筑，更有着外人难以想象的别样情感。回想当年来往家中的人物，他仍记忆犹新。

刘耀东治家严谨，对子女要求极严，对日常生活中的每个细节也都严格要求。忆起父亲，刘天健谈起记忆中印象特别深刻的一件事。一次母亲让他去楼上唤父亲吃中饭。当时他父亲正在书斋看书，他呼道："阿爸，母亲叫你去吃午饭。"父亲没吱声，站起来刮了他一耳光。席间，母亲问及："儿子唤你吃饭，为什么打他？"父亲回道："他太不懂规矩。我正在看书末章节，他应在旁等我合书后才能唤。在唤我时，他用了一个'你'字，'你'字只能用在同辈或下辈之间。为表尊重，给长辈写信时，'你'字下面还要加上'心'字，何况面对面称呼？"

那时，父亲在方方面面都对他严格要求，无论是在饮食起居、待人接物，还是在学习上都对他影响深远，至今他仍保持当时养成的习惯与礼仪。

谈起父亲，刘天健有着许多难忘的回忆，但有些伤痛他却不愿提。他说，父亲的过世让他十分伤痛，他只想在有生之年，为父亲再做点什么，唯愿能在记忆中还原一位真实的父亲。

廊桥遗梦

对于廊桥的认识，缘于罗伯特·詹姆斯·沃勒的小说《廊桥遗梦》。那时，我正迷恋各种外国文学作品。看书的时候，特别仔细，书中的每一页都不肯错过，甚至连封底、书脊和一张卡片都不肯放过。记得书内有一张廊桥的图片，那是一种建有桥顶、像一座走廊的桥。当时我诧异于廊桥的独特，对这种有走廊的桥有着莫名的好感。

看到真正的廊桥，是在看完这部小说的十年之后。一个冬日的雪天，当我第一次在泰顺看到廊桥时，竟对这种古桥怀着一种难以言喻的情感，看着它古老及荒凉的模样，心情就莫名地忧伤。每每去，每每忧伤。这种忧伤就像有着隐性疾病的人犯病一样，来得莫名其妙，仔细回味了一下，觉得这种小情绪一是来源于桥的古老与沧桑，二是来源于小说中罗伯特与弗朗西丝卡那爱而不得的故事。

文成桂库也有一座廊桥。得知这座桥之后，我也多次去过。桂库的廊桥位于桂库村村口。进入村子，先看到几棵粗壮挺拔的古树，那些树枝繁叶茂，其中两棵尽管树心都空了，但仍顽强向上。大树的旁边就是廊桥，桥下溪水哗哗流过，水非常清澈，树影倒映其中，显得格外碧绿。溪是鳌江支流桂库溪。

廊桥横跨在桂库溪上面，掩映于溪畔的群树与绿植中间。桂库廊桥是一座单孔木廊桥，筑于两岸山崖之上，桥上建有长廊式桥屋七间，

桂库廊桥

桂库廊桥一角

悬山顶屋面，明间设神龛，桥的东西两侧设有木质鸭颈椅，可供行人歇脚休息。南侧桥首立有刻着清道光十五年（1835）反腐败禁约告示的"三都一志"石碑一块。碑文记录时任泰顺知县陈殿阶发布的一篇告示，称有不法胥役借官府之名招摇撞骗，提醒村民不要被其蒙骗；同时，警告那些不法胥役若被举报，必将严办。

虽然同为廊桥，但桂库廊桥是一座非常传统的中式桥梁，既拥有桥的功能，又带有地方文化特色，与《廊桥遗梦》中麦迪逊县的那座罗斯曼桥还是有很大区别的。

罗斯曼桥建于 1883 年，是由当地农民所建的一座木廊桥。由于木桥容易损坏，为使桥面不受腐蚀，修桥时工匠们便把桥的两边和桥顶封起来，形成一个厢式的棚顶，这样既不影响桥的功能，也便于维修。因桥的外观看上去像个走廊，所以就叫作廊桥。麦迪逊县是个自然河流发达的农业区，为了交通方便，当年农民修了不少这样的桥。每座桥修好后就以距离其最近的一家农户的姓氏命名，罗斯曼桥便由此而得名。

由于小说与同名电影的宣传，这座桥受到人们更多的关注。尽管都是木廊桥，都被漆成人们想要赋予它的颜色，但一看罗斯曼桥的样子，你就知道，它不属于我们。那座桥离我们十分遥远，远到一般人难以抵达。

而桂库廊桥就在我们身边，某个周末，只要抽个空闲时段，就可以前往那里。

进村后，沿着桂库溪走，远远地，就可以看到那座桥。此桥虽比不上泰顺廊桥的华丽，但构造工艺同样精致古朴，都是利用三角力学原理建造，利用两层拱架以贯穿、搭置、别、撑、顶、压的方式稳固桥体。看了，让人不禁惊诧于廊桥工艺的精湛与古人智慧的卓绝。为了防止风雨侵蚀，桥身四周还置有全槛、栏杆，槛外还用直板封闭。

廊桥边的古树

桂库溪是鳌江源头所在地，桂库廊桥是鳌江源头第一座桥梁。古时，这座桥是通往泰顺、瑞安、平阳以及福建的交通要道。建桥前，行人过此得拐弯，在桥底处涉水过溪。清康熙五十六年（1717），村民毛应宋领头建造此桥。廊桥建好后，曾一度繁华，不仅方便了来往行人，还起到遮阳避雨、供人休憩、交流和聚会等作用。几百年来，桥经村民几次维修，保存完好。

这些年去桂库，我也多是奔廊桥而去，每每去，每每都围着桥转上几圈。这座位于深山之中的桥，虽没有让人特别惊艳的地方，但它与世间众多的桥一样，是独一无二的。它没有被漆成罗斯曼桥的那种鲜红与亮白，也没有被漆成泰顺廊桥的那种朱红，或带上其他桥这样那样的特征。它就是它，一如既往地保持着它那古朴的样子。

原木的桥身被雨水浸淋后，经过风吹日晒，桥身与两边的挡板变成较为多变的棕青或灰绿色。那是一种说不上来的颜色，你根本无法将它归类于哪个具体色系。廊顶上青色的瓦片，经过常年的风吹日晒，也与桥身的色调融为一体。

一座桥除了它本身的功能之外，如果再具有一定的文化价值，或美学价值，那多少让人容易记住一些。

桂库的这座桥之所以能让人记住它，就因为它是文成的一座力学廊桥。廊桥在中国已经有2000多年的历史，汉代就有廊桥的记载。目前，中国尚存有廊桥200多座，其中素有"中国廊桥之乡"美誉的泰顺就有30余座。

倘若拿《廊桥遗梦》里麦迪逊县的那座罗斯曼桥与中国的廊桥相比，倒真有点儿小巫见大巫了。但罗斯曼桥与文艺的完美结合产生了某种化学反应，让我们深深地记住了某些让人怦然心动的东西。而桂库廊桥，与泰顺廊桥又是有所不同的，无论形态、历史，总是各有各的特点。最重要的区别是它们都有自己的地标性，文成有文成的桥，泰顺有泰顺的桥。

　　近期，去看廊桥时，我走了走廊桥前端的古道，道上积满枯叶，给人苍凉及颓废之感。桥头那棵空心的古树，也因某天的一场无名之火被烧得面目全非，危在旦夕。之后我又爬到桂库廊桥后面的山坡上，在秋日的阳光里，站在那棵已有 200 多年的甜槠树下，望着下首的廊桥，不禁想起一首古人描写廊桥的诗：

> 玉宇琼楼天上下，长虹飞渡水中央。
> 上下影摇流底月，往来人渡境中梯。
> 桥头看月亮如画，桃畔听溪流有声。
> 桥廊风爽堪留客，波底星光可醒龙。

　　想着这首诗，看着古朴的廊桥，听着哗哗的流水，我端起了相机，透过秋日午间的光线，将廊桥定格在镜头中的时候，那丝小伤感又涌了上来。

一座不正经的桥

多年前，有人告诉我，文成有一座古桥，常年沉于湖底，极少有人见到它。某年湖水干涸，桥才从湖底冒了出来。初听，颇有些惊悚，就像在湖边走，突然由水底冒出一个女鬼。但桥毕竟是桥，既没有女鬼的模样，也没有诡异的事件发生。

想看那座桥，确非易事。自那座桥突然从水中冒出来以后，它便随着季节和水位的变化，在水中浮浮沉沉几十年。它常于夏秋之季沉入水底，冬春时节浮出水面。这种季节性沉浮，是因桥位于天顶湖库区：汛期，天顶湖水位上涨，桥便隐入水下；枯水期，水位下降，桥便一露庐山真面目。

某年冬天，有几个朋友来文成看枫叶。那时我初到文成不久，对文成还很陌生，觉得南方的枫叶红得太迟。每年十月末，北方的枫叶便红了，深秋山野里，枫叶丹林，红遍万山。南方因霜冻来得迟，十二月末，或到元旦后的深冬，枫叶才红。文成有多条红枫古道，枫叶红时，也有层林尽染、漫山红遍的感觉。因此，每到冬季，便常有人三五成群，结伴来文成赏枫。

那年冬天，我们一行人先徒步游览了大会岭红枫古道。爬到顶，便是百丈漈辖区，离那座忽隐忽现、时常浮沉于水中的古桥不远，于是一行人便驱车去看桥。

古桥雪韵　雷忠义摄

　　去时，正值枯水季，远远就看到位于天顶湖库区的那座三孔石拱桥。远看库区几近干涸，仅剩下湖中的浅滩，有一股细流由拱桥下蜿蜒而去，不细看，根本看不到它在流，像时光静止了一样。

　　走近，只见桥身已残缺不全，桥面与桥身前的分水尖大部分被拆除，仅剩下由块石垒砌的拱状桥身。桥上既无石板，也无踏步，上面裸露着大大小小的石块。那些经过风吹日晒，以及洪水洗礼的石块，在桥身上杂乱无章地铺陈着，走在上面，像走在碎石遍布的荒野上。由于河床干旱严重，泥土龟裂，像某些生物的鳞片一样铺满河床。

　　当时我们对那座桥了解不多，也仅是围着桥转来又转去，细数着它的前世与今生。

　　那天天气晴朗，我们是下午去的。冬日下午的阳光是最好的，尤其对摄影者来说，暖暖的色调让镜头下的景物，柔和而又富有质感。当时，冬日的阳光照下来，暖暖的阳光把河床和那座桥照得金黄一片，照片也金光闪闪，就像《满城尽带黄金甲》里的画面那么耀眼，就连我们也显得柔和，富有魅力起来。

　　太阳快下山时，我们才缓缓地离开。走几步回首，看到一位背着柴草的老人正赶着牛从桥上经过。夕阳下，静卧溪流之上废墟一般的桥、放牛暮归的老人，让人陡然想起某些场景，以及和夕阳、古道、瘦马、村庄、小桥、老人、牛有关的诗句来，如水墨画般恬静的画面，看着更是恍如隔世一般。

　　多年后回想起来，那情景仍历历在目。多年后，再提此桥，才知它叫周济桥。建于清咸丰五年（1855），由敖里的周姓人建造。敖里的周姓人是文成富甲一方的大家族。周姓始祖是明崇祯六年（1633）从福建寿宁迁到敖里的，起初以挑盐贩卖为生。他们手里有了积蓄后，开始购买田地。嘉庆年间，周氏田产遍及文成和景宁各地。

　　敖里人喜做善事。从清朝起，他们便带着族人铺设了丁坑岭、石门岭、八都岭、仓头坑岭等道路，建造了会岭堂、施茶亭及各道路上的桥梁等，除方便交通往来外，还为行人提供遮风避雨、供茶施水的休息场所。周济桥便由敖里的周作典建造。

　　周作典为武庠生，钦授千总，生前重教育才，也喜做善事。当时敖里和西段均属青田县八都，路经西段村有一溪，此溪发源于南田，流通瑞邑。当地人经过此溪时，常有不便。周作典素以助人为己任，于咸丰乙卯岁（1855），出资700余两银子修建石拱桥，便于行人往来。此桥刚开建不久，周作典即辞世。为不让父亲心愿落空，其子秉承

周济桥　雷忠义摄

父志，接力建桥，并于 1855 年冬天将桥建成。因此桥由周作典为济人所建，便唤作周济桥。

镇头村桥头的河床上原躺着一块长方形青石质的桥碑。碑文上曾用行楷记载着周济桥来历，落款为清咸丰六年（1856）。桥碑起初置于西段村桥头，后被洪水冲至湖下游，由镇头村村民发现后抬置于镇头村桥头，最终不知所踪。

周济桥为三孔石拱桥，拱券两大一小，两端连接镇头村与西段村，全长 40 余米，宽 3.7 米，桥身皆由不规整块石砌筑。1958 年，桥的功能有所转变。当年百丈漈建水库大坝时，将周济桥部分桥体桥身进行拆除。两年后，水库开始蓄水，随即，这座供人们行走了百余年的古桥沉入水底，几十年不见天日。

当它再次进入人们的视野时，是多年之后的某日，天顶湖水库遇旱而枯，周济桥突然由水底冒出来。之后，它便不停地出现在某些画面里，以及人们的谈话里。

这些年来，我也多次看到它在水中沉沉浮浮的画面。有时晴天，有时雨天，有时雪天，它会随着水位下降露出不同的部位，有时是头，有时半身，有时全身。无论何时、何种天气露面，它都展现着独有的姿态。无论用哪一种光去触摸它，它都安静地享受着孤独与倔强。

所有的场景中，我最喜欢它在雪中的场景：天地一片白，而周济桥像个寂寥的守望者，孤零零地立在天顶湖水库底部。此情此景，让人不禁为它伤感不已，它那么孤独，陪伴它的只有桥下那一湾潺潺而流的溪水。如果说在冰天雪地里，它还能忍受，那在水下的日子一定很难过吧。它生来就是一座桥，是架在水上供人们行走的，倘若不能走，那只能是因为塌了，或快要塌了。如今，它没塌，却活得这么憋屈！一年中，半载的时光都是在不见天日的水下度过，想想就忧伤，它在水下的时候，一定会悲伤地哭泣！

当我感叹此桥前一百余年遗世而独立，后几十年在水中浮浮沉沉，既见证了尘世喧嚣，又见证了水下哀愁时，却无意中得知，我们所看到的周济桥并非建于 1855 年的那座桥。

某天，我曾在《南田山志》中看到一条记载，周济桥于 1912 年被洪水所毁，桥毁后，周作典后裔在原址上重造了此桥。新建的桥先后被唤作西段桥、金竹桥、顺济桥、镇南桥，现在又回到最初称呼的周济桥。

无论叫什么，让人惊诧的是，这座桥沉浮于水中几十年，仍屹立不倒。此前，我仅看过沉没于千岛湖之下的古城、古建筑，惊诧于它们的牢固与坚不可摧。可一座被拆得七零八落的桥，当你认为它会随时倒塌，或被水流一冲即散时，它却几十年如一日，顽强地沉浮于水中，让人不得不感叹它的坚固与顽强！

当年，文物部门对全县文物进行普查时，发现周济桥是文成首座三孔石拱桥。看着似乎颇有些研究价值，但人们更喜欢看一座桥像头座头鲸一样沉沉浮浮的样子。如今，随着季节变换，这座残缺的桥，仍浮浮沉沉于水中，成了文成的一道景观。每次经过那里，我都忍不住对那座桥看了又看，然后冲下去，拍上几张照片。

近期，我又去了一次西段村，以为还能看到它，但这次它已沉入水底，看着清澈的湖水，我在岸上那丛摇曳的芒草后傻站了半天，想拥有一双火眼金睛，看清桥在水下的样子，但耀眼的阳光只照得我眼睛疼。

那一刻，我在想，一个人在一个地方待久了，总想换一个环境，一座桥看惯了一处风景，是否也想换一个地方？但它没有腿，也不能动。所幸外界给它创造了改变视野的条件。当外面的世界看够了，它便沉入水底；当水底的世界看够了，它便浮出水面！

我甚至又想，一座桥，当它孤独寂然地沉入水底时，有没有人问过，它是愿意站在水上，还是更愿意沉入水底呢？会不会因为不能随心所欲而有怨愤呢？这么想着，总感觉它会像贞子一样，随时从水里爬出来！

踏碎琼瑶尽作泥

　　中国有一个神话传说，说上古时期，女娲因大地冷清而感到孤寂，后来她灵机一动，用泥土仿照自己的样子制作了人，进而创造了人类社会，于是有了这个千姿百态的世界。这种带着梦幻色彩的传说总归是传说。但泥土能制作物品是千真万确的，瓷器就来自泥土。

　　泥土本是毫不起眼的存在，经过人类的创作及一次涅槃般的高温洗礼，得到了重生，继而有了生命。在相处中，因接触不同人类，瓷器也具有了不同的光与不同的灵魂。

　　尽管时常接触瓷器，但我对瓷器的记忆多半带着惶恐！印象里，瓷器到了我手中，好像被施了魔法一样，总是莫名地碎掉。于是，瓷器、我和"碎"就联系在了一起，但凡家中碎了一件瓷器，众人的目光便集中到我这，似乎打坏瓷器的活儿都被我包了。即便如此，我对瓷器的喜爱也并未减少半分。对瓷器，我总是"贪得无厌"地想要拥有更多。瓷器越是精美，我对制作瓷器的人越是崇敬！诧异于他们是怎样将泥与水融于火，变得刚柔相济，从而成为有灵魂的瓷呢？

　　有人告诉我，珊溪镇坦岐村后山上，就有一座北宋时期的碗窑遗址，至今仍遗存北宋时期的碗、洗盏、碟等陶瓷器物。这又增加了我对遗址的好奇，便想前往碗窑走一趟，亲眼看看那些让泥土得以成为瓷器的暖床。

青花瓷盘

　　探访碗窑遗址时，左选右选，还是选了个雨天。那天暴雨从早上开始就一直下个不停。下午我们到达时，大雨如注，雨水形成的洪流正气势汹汹地由山上奔流而下。看着汹涌的水流，我们都很忐忑。坦岐村位于飞云江中游北岸江畔，北靠青山，三面环水。我们要去的碗窑遗址位于村后的山上，途中要过一条小溪，晴天尚能轻松涉过，雨天溪水猛涨，涉水多少带着些凶险。但我们想要寻访"踏碎琼瑶尽作泥"的古窑，还是硬着头皮去了。溪水流量的确比平时大了许多，仗着人多，我们涉水而过。

　　去往碗窑遗址的路十分不平，小道已被山间的流水漫过，山路在雨中的田间像游蛇一样扭动着身体蜿蜒而上。走到一处岔路时，小道上开始出现零零碎碎的瓷器碎片，那些碎片有圆、有方，无论是大块的菱形，还是小块的三角形，都被大雨冲刷得干干净净，俯下身端详，能从光亮的瓷器碎片上看到自己的倒影。

越往上走，碎片越多。这些碎片都是碗窑废弃的瓷器，距今已有近千年的历史。而且山上瓷器堆积的面积更广，已发现的有罐、壶、碗、盏、碟等，其中以碗、盏最多，釉色有青绿、青黄、黑褐三种。

穿过一片杨梅林，在馒头窑附近，我们看到了大面积的碎片。据说这些碎片是宋至元代的碗窑瓷片，故此地被称作碗岗山。山间的瓷片以白褐、青绿色居多，有的纯色、有的印花，均古朴深沉、素雅简洁。瓷器不像出土的铁器与陈年的绸缎，它能经受住岁月的腐蚀，地老天荒后，依然光亮。

我们不时从泥土里挖出一片片不同成色的瓷器碎片来，并像专家一样掂量掂量它们的重量，端详端详上面的花色，从中似乎能听到窑洞里大火的呼啸声，以及泥土的呢喃。

如此大面积的碎片，不禁让我们对古窑的制作工艺与规模感到好奇。可惜，碗岗山仅存碗窑遗址，我们无法看到制陶工艺及其规模，仅能从有限的资料里获取少得可怜的信息。

坦岐碗窑遗址

　　南方的陶瓷主要取材于当地的泥土。泥土金属的含量以及火候的掌握决定了陶瓷的颜色和品质。窑址的选择也有讲究，多依傍溪流、山坡而建，并选择在一定距离内放一个炉口，以便掌握烧制陶瓷的温度。只有各方面条件成熟了，才能制出品质好的瓷器。坦岐碗窑便是依珊溪镇飞云江而建。

　　旧时珊溪是水上交通的重要埠头地，也是浙西南山区文成境内较发达的商品交易地。当年珊溪人流不息，船上琴声幽幽，岸上笛声悠扬，一派渔舟唱晚的景象。街头村与街尾村之间有一条商业街。街道两边开满了店铺，经营着各式各样的商品。珊溪各村以及周边乡村的群众都来珊溪购买生活用品。碗窑建于紧邻珊溪镇的坦岐村后山，临水、临集市，交通便利，一切都得天独厚。而好的瓷器像好琴、好剑一样，上面流动着匠师艺人的灵魂，让人仿佛听到或悟出生命真谛与人生之道。于是，瓷器与土、与水、与人、与周围的环境融为一体。

　　当年坦岐村后山共有三个窑址，均为北宋时期的古窑，其中两个被当地的农户开垦为农田，唯有较小的馒头窑保存了下来。

　　馒头窑像位隐士一样，隐于田埂下方的一片荒草中，不熟悉地形的人，很难寻到。我们在山间来回转了几圈，才看到掩藏于荒草中的窑洞及窑址碑文。为了看得仔细，我跳下田埂，扒开湿漉漉的荒草，然而窑洞空空，什么也没有。

　　看着看着，像穿越时光隧道一般，我眼前突然亮光一闪，似乎从那空洞里看到时光的年轮，以及泥土像凤凰般在火中经受煎熬后的涅槃！

筏头即景

　　我曾在一次展览上看到过几张文成县城的老照片，其中有几张是关于筏头埭与珊门石板桥的。照片上的筏头埭、珊门石板桥既透着几分古朴，又显得十分遥远。我到文成是近年的事，其间，文成发生了翻天覆地的变化。看到这些照片，我都感到十分惊喜，更不要说文成当地人了。他们看到那么遥远的图景，是否也会觉得恍然如梦！

　　我来文成时，筏头埭与珊门石板桥已不在，只记得珊门石板桥与伯温路交叉处有一条筏头街。筏头街并不长，除了一些新旧不一的建筑外，并没什么特别之处。先前，每次走过那条街，都感到好奇，为什么叫筏头呢？我从未在县城周边看到什么筏子样式的东西。

　　后来在做地方文化研究的时候，才了解到，筏头街原南接河头，东至大岱埭。此前，泗溪水在此街头处流过，街头筑有石桥，为竹筏停泊之埠头，故名筏头。

　　泗溪河通航的时候，筏头是文成的重要埠头，那时水上运输十分繁忙，来往的人员及河道往返的船只，成为一道亮丽的风景。后因筏头滩洪水淤塞，溪水改道，筏头建房成街，筏头也随之在人们的视线里消失了。原筏头街道为鹅卵石路面，后铺了水泥路。泗溪河停航后，此处仅留下一条与埠头有关的筏头街道。年轻人对筏头知之甚少，倘若向老人们打探，他们便会娓娓道来，甚至能给你说出千年之前

古堤孟潭埭

的东西来。

　　对筏头的追溯，的确可到千年之前。县志记载：大峃古为沙洲。唐前，泗溪与龙溪挟流左右，沙洲上荆棘遍地、芦苇丛生，夏秋洪水暴涨，沙洲便成泽国，是个无人居住的荒地。唐末才陆续有人迁往此地开荒，后人口繁衍，沙洲渐被开垦。虽有人居住，每逢雨季，泗溪水上涨，常闹洪灾。

　　泗溪是文成境内除飞云江外最大的河流。泗溪发源于南田，自百丈漈峡谷入境，经徐村、大峃、樟台、峃口等地注入飞云江。其间支流众多，雨季常变为一片汪洋，水患频发。为治水患，嘉庆初年，大峃巡检司孟裕，率众在西山麓苔湖头筑堤，修了一条长200米的水坝，把龙溪水导入泗溪，并改滩造田。后人为纪念孟裕，称该堤为"孟堤"，俗称"孟潭埭"。

　　原来的孟潭埭并不高，所用石头也不大，由于做得好，经过了100多年的大小洪水考验，仍完好无损。直到1925年的特大洪水来袭，因塽尾岩头处的地基塌坏，才导致全塽被冲毁。1940年在泗溪边又建有大岂塽，因在筏头，也叫"筏头塽"。1964年又上接大岂塽，下至泗洲桥，建有五本垟塽。三堤为当时重要防洪工程，曾保护一方百姓免受洪水之灾。

文成处于群山之中，交通一直不甚发达，未通公路之前，泗溪是县城通往外界的唯一交通运输线。当时泗溪溪水清澈，来往船只不断。筏头岸边为浅水滩，是筏头装卸货物处。当时筏头滩是浙南瑞安、平阳、泰顺三县边区物资集散中心。每天筏工、搬运工、商贩、行人熙熙攘攘，十分热闹。

老人们仍记得筏头滩当年的繁华。退休教师陈永华曾在《筏头滩史话》中提到当时的情景："那时候，泗溪上天天漂流着竹筏。清晨，条条竹筏的架子上堆着小山似的货物，筏工头戴箬笠，脚穿草鞋，撑竹筏从筏头起程，踏着二十余里泗溪水，中午到达岂口，装上回程货，逆流而上，傍晚又回到筏头。因而，筏头一到傍晚，热闹得很。溪滩上停满已回家的竹筏，溪流上还有竹筏接踵而至。搬运工背驮重货来回穿梭，商客们在讨价还价做生意，验货称货，装货运货，一

旧时的珊门石板桥

片繁忙……"

　　当时筏头滩头的珊门口为渡口,即渡船亭。边上还有一个陶瓷厂,溪面上有一座石板桥。桥跨泗溪,因通往珊门村得名"珊门桥"。《瑞安县志》称:山(珊)门桥建于清光绪初,桥长 175 米,宽不到 2 米。

　　过去的石板桥都非常简陋,桥的两边也无围栏,每逢雨季和台风季,洪水常会涌上桥面,形成高浪向前奔流,场景壮观却又令人后怕。人员经过时,稍有不慎,便会被卷入洪流。后石板桥被洪水冲坏,中现沙滩,1935 年重修。后又经过多次修理,珊门桥从二十七孔石板桥,拓宽至现在长百米的鹤川大桥。因是大峃通往珊门村必经之路,当地人仍习惯称之为珊门桥。

　　现此桥是夏日人们乘凉休闲之地。每逢节假日,桥上便装饰得十分漂亮。此桥也常成为人们相约出行时汇合的一个地点。冬季,气温寒冷时,桥面常笼罩着一层浓雾,雾中行人与车辆显得朦朦胧胧的,

珊门桥

建筑与山影也显得十分梦幻。雾中的桥常成为县城冬季的一道风景。

如今，泗溪已变得非常整洁与亮丽，但人们的记忆里，它仍是有木船、有筏子的河道，铺满卵石的溪滩是夏日傍晚或闲暇时能嬉戏的一个地方。那里留下了许多人的欢笑声与一些久远的记忆。

尽管筏头滩埠头不在，石板桥不在，铺满卵石的溪滩不在，竹筏与木船皆不在，但那些曾经的繁华场景已成为一代人永远无法抹去的记忆。

旗帜与石碑

　　年少时，我曾看过一本《大明英烈传》，从那时起，便知道刘基的故事。不过，待读了《郁离子》以及许多关于刘基的作品后，我

铭廉壁

对这一历史人物的认识才逐渐增多。直到到了文成，这一人物在心中才变得顶天立地起来。

文成是刘基故里，生活在此地，时常能听到有关刘基的话题。

一位专家曾说："刘基不仅是一个历史文化名人的称谓符号，还是浙南乃至中国东南地区廉政文化教育的一面旗帜。"

的确，刘基一生为官清廉、勤政为民、崇尚俭朴、淡泊名利，其有关廉政的论述内涵丰富、思想深刻，对于当今社会廉政建设仍具有重要的现实意义。刘基认为元朝灭亡的原因在于官吏腐败。一方面，他主张整顿纲纪，严肃法纪；另一方面，他认为"贪"为"恶德"，私心和贪欲是万恶之源，要加强修身养性，也要"以义为利"，义利合一，免致"贪利失国"。

刘基所著的《郁离子》不仅集中反映了他作为政治家的治国安民主张，也反映了他的人才观、哲学思想、经济思想、文学成就、道德观及学识。书中的寓言故事通过揭示贪利为祸来警世人，倡导为官要廉洁清正；指明万事有道，道不可逆，腐败要从制度上予以预防；表达建立廉洁清正社会的理想。

尽管刘基生活的时代距今已六百余年，但刘基作为一名杰出人物，在中国历史上影响巨大，尤其在廉政文化方面更是影响深远。如今，刘基廉政文化已然成为浙南地区的一面旗帜，为更好地弘扬刘基的廉政思想，近年来，文成县在刘基故里创建了以刘基庙、刘基墓（纪念馆）为主的浙江省廉政文化教育基地。或许在此之前，刘基的廉政思想已影响了一代又一代浙南人，它如警钟长鸣，不断警示那些官员们，让他们在履行职能时不以权谋私，办事时能公正廉洁。

如何体现一个官员履职期间的公正廉洁？除文字记载外，有时也会有一些物品可以佐证。在文成桂库村就有一块反腐败石碑，这块石碑或许就是一名官员公正廉洁的最好物证。

反腐败石碑

反腐败石碑位于桂库村村口木廊桥南侧桥首。石碑阳面向东北，青石质地，立于清道光十五年（1835）十一月。碑刻"三都一志"四字，碑文记录时任泰顺知县陈殿阶（桂库村原属泰顺）发布的一篇告示，提醒村民，有不法胥役借官府之名招摇撞骗、中饱私囊。为防止村民上当受骗，故立石于来往要冲，以之晓谕百姓。

之所以将反腐败石碑立于村口廊桥桥头，是因为该廊桥不仅是当时的交通要道，还是平阳通往泰顺、寿宁的古道口之一。桂库廊桥始建于清康熙五十六年（1717），距今已300多年，为古时通往泰顺、瑞安、平阳以及福建的交通要道，也是鳌江源头第一座桥梁。廊桥一度十分热闹，不仅方便了来往行人，还起到遮阳避雨、供人休憩、交流和聚会等作用。石碑立于此处，能达到广而告之的效果。

从碑文上不难看出，立碑官员是为民众着想。古时不少匾额石刻的内容是颂扬官员为官清廉，像这样认真地刻在石头上，揭露不法胥役借官府之名招摇撞骗、中饱私囊，防止村民上当受骗和抵制勒索的反腐败石碑还是非常罕见的。

该碑刻告示很大程度上是"以民为本"，站在民众的角度上，告知百姓不要上当受骗，同时也警示官员不要为中饱私囊，做一些招摇撞骗之事。

这在当时也应属难得之举。这种碑刻反腐的行为，恰和刘基的政治主张相吻合，刘基的主张就包括了"为政以德""以民为本"。他在诗文中，还提出了轻徭薄赋、省德修刑的观点。刘基主张的"推余补不足，兹实王政始"，含有一定的均贫富思想，这在古代也是较为少见的。

同样是廉政，同样是反腐，桂库的反腐败石碑和刘基是否有关联，无从考证，但反腐败石碑的存在，恰似一个时代的丰碑，足以证明那个时代，官员还是主张要"以民为本"，要"廉洁奉公"的。

桂库的反腐败石碑在第三次全国文物普查时才被关注，此反腐败石刻碑文在文成属首见，是研究清道光年间政治情况的重要历史资料。如今石碑碑座已缺失，碑榫断裂，碑体下方、左上角也已崩落，但它的存在无不显示着历史上一段廉政文化的存在和这种文化对民众的影响。

弹指芳华一挥间

有一年夏天，我去马相亭老师家翻拍一些老照片，无意中看到一本文成县越剧团的画册，从中了解了文成县越剧团那段弹指而过、激情飞扬的过往。

文成是于 1946 年从瑞安、青田、泰顺三县析出，新设的一个年轻县城。处在大发展大生产时期的文成，想要建立一支能为全县人民送上精神食粮的宣传队伍。只是当时文成缺乏各类人才，想要组织一支文艺团队，谈何容易。于是，文成县便组织相关人员到文艺团体十分活跃的湖州学习。一个贫困的山区小县想要建一支文艺队伍的愿望与喜爱学习的精神得到浙江省文化厅（2024 年更名为浙江省文化广电和旅游厅）的高度重视，通过协调，1964 年，浙江省文化厅批准将湖州越剧一团调到文成。

当年 9 月 19 日，湖州越剧一团全团 62 人，带上全部家当，带着美好的期望，浩浩荡荡从家乡湖州出发了。他们由水路到山路，经过四天三夜的长途跋涉，于 22 日抵达了文成。马相亭为嵊州人，当年年仅 15 岁的他与年幼的妹妹也随父母来到文成。但他们做梦都没想到，此后他们的人生在这里发生了转折。

过去曾是瑞安、青田、泰顺三县边缘地带的文成，不论是物质文化还是精神文化都十分匮乏。当人们得知文成有了自己的越剧团，而且还是专业的队伍，顿时沸腾起来，敲锣打鼓欢迎越剧团的到来。越剧团在当晚的欢迎大会上便献上了到文成后的首场表演。

那是一个热血沸腾、人人都想奉献的年代。湖州越剧一团到了文成后就正式改名为文成县越剧团，随后就马不停蹄地送戏下乡，在各区巡回演出。

当时表演的剧目有古装戏《春到草原》《三月三》，现代戏《夺粮》《母亲》等。之后，越剧团又排练了《沙家浜》《红灯记》《红色娘子军》等剧目。其间，因学习乌兰牧骑精神，越剧团还以演小戏为主，演出的剧目主要有《一袋麦种》《补锅》《杜鹃姑娘》等。

越剧团不仅在县内送戏下乡，也曾到温州市区、瑞安、平阳等地演出。那时，区乡大都未通公路，道具和生活用品等都要肩挑手提。由于山路崎岖不平，道具行李又十分沉重，每次行路大家都疲惫不堪。虽然环境艰苦，生活条件差，但是演职员毫无怨言，个个斗志昂扬。每到一处，越剧团的演出都受到当地群众的热烈欢迎。

《莫愁女》演出剧照　李秋祥提供

越剧团担挑下乡演出　李秋祥提供

　　1970 年后，越剧团演出节目受到限制，以演《沙家浜》为主，同时演出一些短小的文艺节目。《一根扁担两条腿，踏遍青山人未老——记活跃在浙南山区的一支文艺宣传队》，于 1971 年由浙江电影制片厂拍摄成电影纪录片。由此文成文宣队的事迹在全省乃至全国引起强烈反响。

　　1978 年，越剧团又恢复正式演出。第一场戏是《霓虹灯下的哨兵》。此戏演出非常成功，到温州市区又连续演出了几十场，场场爆满，在当地引起了极大的轰动。此后越剧团又试演了古装戏《三岔口》，反响极好，观众强烈要求继续上演，继而又排演了《三打白骨精》《王老虎抢亲》《血罗衫》等古装戏，均受观众欢迎。《王老虎抢亲》《血罗衫》两剧在温州人民大会堂演出近 40 天，大会堂 1440 个座位天天满座。其中《王老虎抢亲》连演 24 天，戏票 2 角一张，净收入达 1 万元。文成县越剧团在浙南一度负有盛名，曾有观众在《浙南日报》

评价文成县越剧团是"山沟沟里的百灵鸟"。

就像人的命运会起起伏伏一样，越剧团也经历了高光、低谷。重创之后，经过一段时间的恢复期，1983年，越剧团迎来了最高光的一年。越剧团带着《状元斩嫂》《沉香扇》《断桥》等戏，途经青田、缙云、丽水等地演出后到杭州，在杭一棉、都锦生丝织厂和西湖边上的胜利剧院连演30多天，誉满杭城。之后，越剧团经萧山到上海虹口区、黄埔区、青浦区及江苏等地演出，在南下南浔镇演出后回到了"娘家"湖州市。重回故乡，越剧团成员们在感慨万千的同时，又有种荣归故里的感觉。

就像一出大戏总有落幕的时候，之后随着电影、电视渐渐走进人们视线，舞台戏剧渐渐走向没落。1989年，文成县越剧团被撤销。

随着越剧团解散，当年由湖州越剧一团来的大部分成员，在文成工作了25年后纷纷离开。离开时他们也带着深深的伤感，因为这是他们奉献青春、汗水、欢笑与泪水的地方，有的人因此而改变人生轨迹，甚至有的人将生命付予这片土地。

越剧团演出现场　李秋祥提供

2010 年，原文成县越剧团的团员们又在文成相聚了。时隔 21 年后，当大家见到曾经在同一条战壕里战斗的同志们时，无不感慨万分。聚会上，许多人都感慨地说，人生如戏，戏如人生，但青春无悔！

在这其中，马相亭是为数不多留下来的演职人员。越剧团解散后，马相亭作为文成县越剧团团长，又历任县文化馆馆长、非遗中心负责人，继续从事文艺工作。退休后，他仍多次编导、策划、组织各类庆典活动，并在文成县第二实验小学建立了少年民乐团，免费教学生学习民乐及相关知识。

尤让我感到神奇的是，马相亭会演奏许多种乐器。像二胡、笛子、埙、葫芦丝、鼓、柳琴、扬琴、琵琶等，他都会一些，风琴、萨克斯管、号、小提琴，他也能随时上手，大有任何乐器都难不倒他的架势。

因采访，我与他有过多次交集，每次见了面，他都乐呵呵的。哪怕是生着病，他也很乐观！一次在民乐演奏现场，他正指挥乐团演奏，下场间隙看到我，悄悄地说："我是趁他们不注意，偷偷从医院跑出来的，马上还要溜回去。"说着就跑开了，像阵风一样。

修改此文前，忽闻马相亭已于不久前在杭州因病过世。对此，我竟不敢相信！感觉不久前还和他谈起往事。那时他还说，提起过往，他很心酸，觉得往事不堪回首！尤其父亲当年死得冤屈，让他母亲终生不能释怀！他母亲离开文成后，再未踏上这伤心之地。虽然家庭遭遇变故，但他觉得文成是他除嵊州和湖州之外的第三个故乡。文成人对他的厚爱，让他对这片土地的热爱始终如一，毫不后悔。

一个人在这片土地上轰轰烈烈地生活过，就这么悄无声息地去了，写到此，不由伤感起来！

行过许多地方的桥

　　"朱雀桥边野草花，乌衣巷口夕阳斜。""枯藤老树昏鸦，小桥流水人家。"桥作为一种建筑物，与人们的生活息息相关，由于其造型独特、形状优美，自古以来便成为文人墨客笔下讴歌的对象。但古诗文里的桥与现实里的桥似乎又有所区别，现实里的桥显然更具生活气息一些。

山间的小景

这些年，我也走过大大小小的桥，但关于桥最深刻的印象并非来自走过的哪座桥，而是来自沈从文1931年写给张兆和信里的一句话。他说："我行过许多地方的桥，看过许多次数的云，喝过许多种类的酒，却只爱过一个正当最好年龄的人。"从此看桥，桥便不只是桥，而是有着一丝甜酒的味道。

但凡知道沈从文当初苦苦追求自己的女学生，并对她长时间采用车轮式进攻，最终成就一段佳话时，他的这句"我行过许多地方的桥"便显得十分有意思。每每走过一座桥，便会不由自主地想起他的这句话。

文成的桥也很多，大大小小几百座，结构大体属屋式木平（拱）桥、石拱桥、石板桥、钢筋混凝土桥等类型。较为有名的有泗洲桥、永安桥、会吉桥、周济桥、桂库木廊桥等，这些桥梁分别建于清代或民国时期，历经风雨后，有的已毁，有的则失去原有的功能，成为人们缅怀过去的载体。但最能勾起我对沈从文笔下桥的向往的，记忆中仅有会吉桥了。

会吉桥位于大峃镇大会岭岭脚村垟条溪上，始建于清初，原为石板桥，1923年毁于洪水，1924年重建为单孔石拱桥，并抬升桥梁。桥呈东北、西南走向，横跨垟条溪，全长28米。

会吉桥是一座我走了又走的桥。我常去大会岭看枫叶，桥又位于岭脚必经之路上，由于它生得古朴且美，经过时便忍不住多看了它几眼。

每每经过那里，看着这座线条简洁明快、形式优美的石拱桥，不禁又想起沈从文的那句"我行过许多地方的桥"及那句"只爱过一个正当最好年龄的人"，一时便觉得这座桥无限美好起来。

远看，会吉桥如长虹卧波，横跨于垟条溪上，桥身上爬满了植物，这些植物的藤蔓夏天郁郁、冬天苍苍，从桥身上悬挂下来，垂吊在

会吉桥　林峰摄

"长虹"上如天然珠帘，其婆娑的姿态，让桥也变得逶迤与曼妙起来！植物的存在不仅美化了桥，也给桥增加了一份生机。

会吉桥由块石垒砌而成，那些形状各异的石块以不同的姿态聚集在一起，虽古朴，却也自然、协调。拱桥部分则由花岗岩条石纵联砌筑而成，那些石头虽不见得块块美观，却无不凝聚着砌筑者的智慧。

因桥的拱洞很大，站在下首，总觉得它很高，往上看，须得仰视它，拾级而上，有种登山之感。而桥面也是用块石铺设而成，或许走的人少了，石块间长满了青草。走在布满青草的桥上，别有一番野趣。

倚栏观看，桥下，一泓清溪淙淙作响，溪水在山石间穿梭，不时发出悦耳的声音，那声音如琴弦被拨动，如涟漪一般在心尖上扩散。有时戏水的鸭子，以及拱桥上远望与桥下拍照的人闯入画面，皆成风景。植物倒映水中，倒影随着水波摇动，也别有一番趣味。

沿着桥走，选择不同的方向，则通向不同的去处：往南，通往大

落满枫叶的古道

古道

岙方向；往北，通往大会岭方向；沿着岭走，上首便是百丈漈。

大会岭古道是古时的官道，古道沿途种有很多枫树。许多树木均有数百年树龄，高数丈。夏天浓荫蔽日，秋日则满目丹枫，非常美丽。

每年枫叶红时，步入古道，看着红叶在空中摇摇晃晃，滑翔飘荡，踩着积满落叶的石板，你会感到心醉神迷。

站在桥上远望，火红的枫叶将山点缀得更加多彩，远看，像一条丝带在山间飞舞跳跃。望着古朴的石板路、悠长的台阶，想到在那交通闭塞的时代，人们便是从这里走出去，从这里到那里，走向更远处，并由这条路走到一条更宽的路。而一座桥，正连接着这里与那里。

回首青山总惘然

燕子飞来已各天，忠臣此去泪如泉。

忧时何暇伤离别，回首青山总惘然。

这是题在南田辞岭亭内的一首古诗，作者为清朝的端木百禄。端木百禄，青田人，道光二十九年（1849）拔贡，候选直隶州州判。其父为端木国瑚，号太鹤山人，嘉庆三年（1798）举人，任归安教谕长达 15 年，曾三辞县令之职。因精通易学堪舆之术，端木国瑚于道光十年（1830）被召进京为道光帝占卜寿陵，次年被特授内阁中书，道光十三年（1833）中进士，著《周易指》《太鹤山人集》等。

端木百禄从小随父学习《周易》，喜好诗文，酷爱金石文字，擅长书画，著有《石门山房诗钞》。前文的这首古诗是当年端木百禄游南田辞岭亭时所作。

此诗下面还有一首刘眉锡所作的诗：

半是平原半是歊，当年祖妣此相辞。

忠魂义魄归天地，千载行人尚系思。

辞岭亭

两诗均为怀念刘璟所作。

刘璟（1350—1402），字仲璟，刘基次子。刘璟自小好学，通诸经，喜谈兵，究韬略，论说英侃。明洪武十四年（1381），温处（现温州市、丽水市）叶丁香、吴达三起事，朝廷命延安侯唐胜宗率兵征讨。刘璟参与帷幄，初露锋芒。唐胜宗凯旋还朝，奏及璟之才略，明太祖朱元璋赞道："璟真伯温儿矣。"遂每年召其入朝拜见。洪武二十三年（1390），授合门使，赐"除奸敌佞"铁简临朝，命"百官不法，持此纠正"。后擢谷王府左长史，敕权提调肃、辽、燕、赵、庆、宁六王府事。惠帝即位，靖难兵起，京都南京告急，璟驰还京，献十六策未纳，令参与李景隆军事北伐，李又不听璟计，遂大败。建文二年（1400），刘璟带病赴京，进《闻见录》数万言陈述兵事，惠帝未听，刘璟遂弃官归隐故里南田。

1402 年，明成祖朱棣登基，十分爱惜刘璟的才情，便诏刘璟入京，刘璟拒不前去。为此朱棣又气又恼，下旨捉拿刘璟，逼他到京，准备软硬兼施，好叫他诚心归顺。

时值端午节前一天，刘璟即将被押解入京，村人知道刘璟此去凶多吉少，怕再也见不到他了，于是家家提前做粽子、煮鸡蛋，饯别刘璟。五月初五，刘璟和众乡亲在华盖山与天耳山坳口挥泪告别。

进京见到朱棣后，刘璟以"人臣事主，死而不贰"为由坚决不接受官职，且对朱棣不呼"万岁"犹称"殿下"，并言："殿下百世后，逃不得一'篡'字。"因忤逆圣旨，即被关押，为表忠烈，当晚刘璟便在狱中用发辫自缢至死，时年52岁。明崇祯年间刘璟被追封为大理寺少卿，谥刚节。清乾隆四十一年（1776）赐谥忠节。刘璟一生著作甚丰，著有《易斋集》《闲闲子集》《越吟稿》《遇恩录》《闻见录》等。《易斋集》诗文二卷中，有诗148首，骚赋、琴操等14首，文48篇。明末"画中九友"之一的杨文骢为《易斋集》作序评："其诗歌小赋，情旨缠绵，音辞亢爽，恻怛而和平。序记之文，议论光伟，笔势雄健，斐然成章矣。"《四库全书》有收录。

传说，在刘璟死后的第二年，青田的八、九两都（即现在的文成、青田、景宁三县的一些地方）为了纪念刘璟，便将端午节提前一天，即五月初四过节。年年如此，直到如今。

当然，也有人说这一说法并不准确，出于某种原因，这些地方原本就有提前过节的风俗。可仍有很多人愿意相信，提前过节是为了纪念刘璟。后来，刘氏后人为纪念先贤忠烈不屈，在当年刘璟与乡亲告别的地方盖了一座亭纪念他，这座亭便叫作辞岭亭。

辞岭亭位于南田镇北面往十源去的岭头上，始建于明崇祯元年（1628），亭依华盖山与天耳山坳而建，下作城门式，上作歇山重檐式，石木结构。亭旁古松苍苍，直上云霄，人称忠节松。路从城门经过，陡而峻。此路系刘基当年出山和回归之路。

　　后来辞岭亭由于时间久远，木料腐朽，几欲倒塌。为保护这一历史文物，1922 年，刘基二十世孙刘耀东牵头，与族人一道集资重修了辞岭亭，以纪念先祖刘璟当年在此辞别故土。"文革"期间，亭中楹联、匾额尽毁。1987 年辞岭亭再次重修，并于 1993 年被列入文成县文物保护单位。

　　我多次参观过辞岭亭。辞岭亭位于村后的岭上，岭旁古树参天，几百年来傲然挺拔，似乎有着诉不尽的沧桑。亭外小径四通八达，绵绵山路，迤逦而来，蜿蜒而去。遥望远山，恍如旧梦，不禁让人追忆刘璟远去的背影。

　　现亭上"辞岭"二字为篆体石刻，于 1987 年春由林剑丹书写。亭内有民国期间青田县知事魏在田所题的楹联：

　　　　势血洒西风，高处寒多，慨抚头颅辞故里。

　　　　孤身投朔雪，望中人远，独留面目见先王。

　　楹联透着一份悲壮与苍凉，以伤感的手法再现了刘璟离别家乡时的场景。如今刘氏后人更是望联兴叹：斯人已去，念此茫茫，泪长流！

　　除此之外，亭内还有刘耀东所撰的"到此者应抗心怀古，坐定后试放眼看山"的八言联与"高山仰止"匾额。无论是对联还是匾额，均是后人对刘璟忠烈不二的高尚品德的仰慕与追思。

　　如今南田还保留有刘璟故居一座。故居位于南田镇九都村旧宅底自然村，房屋坐东北朝西南，始建于明洪武年间（1368—1398），一说是 1387 年前后，具体时间不详，说此房为刘璟所建。原房有七间两层，为四合院式建筑，由正屋、两厢及门台组成。现仅存正屋，为两层悬山顶木构建筑。正屋前院用规整的七列条石平铺。正屋面阔五开间，进深七柱十一檩。门上挂有横匾"刘府旧宅"一块。1946 年夏，

辞岭亭外

辞岭亭题字

辞岭亭匾额

旧居左侧两间房屋倒塌,"土改"时,其余 5 间被分给贫农。近 20 年来,房屋无人居住,严重失修,门台也在 20 世纪 90 年代后期倒塌。

刘璟故居所在地名唤"旧宅底",原名旧宅第,"底"与"第"谐音。曾有人认为此故居是刘基的第二个故居,并举刘眉锡的诗为证,刘眉锡即前文为辞岭亭题诗者。刘眉锡,乾隆诸生,平阳县三十六都莒溪人,祖籍南田武阳村,系刘基十五世裔孙,为刘璟后代。

刘眉锡著有《南田杂咏》诗集,其中一首《南田城》曰:

> 城后山横千丈强,城前山列万重光。
>
> 晨昏弦诵居家族,岁腊衣冠拜庙堂。

题下自注"吾族聚居处也,其城由来已久,始祖诚意伯自武阳徙居于此"。所谓南田城,指位于九都村的古代南田。

也有人认为此诗并不可证。刘基逝世于洪武八年(1375),而此建筑建于 1387 年前后，故为刘基故居的可能性不大。况且诚意伯的封号曾承袭几代，此处诚意伯是否指刘基，有待考证。

也有文记载，刘基逝世后，长子刘琏因屡遭奸臣陷害，于洪武十二年（1379）坠井而亡，时年 32 岁。刘琏死后，刘璟迫于生计，携母亲、寡嫂、侄子侄女及妻小，从武阳村迁徙到南田谷泉，寄居舅父家，数年后才在南田建造此旧宅，安居乐业。由此可见，刘眉锡"始祖诚意伯自武阳徙居于此"诗中的"诚意伯"所指并非刘基，而是刘基子嗣。

早年刘璟故居因年久失修，破败不堪，摇摇欲坠，看了让人惋惜！此情此景让人不免想起辞岭亭的两句诗——"忠臣此去泪如泉""回首青山总惘然"。为保护此建筑，近年，文成县相关部门将此房屋收回，对其进行修复，并同旁边的刘琏祠一起打造成清琏园景观，供人参观。

翰林掌书与石马坟

在文成，提起刘基，恐怕是无人不知。无论是在政治上，还是在文学上，刘基都是一个举足轻重的人物。就连文成县，都以其谥号命名的。

反倒提起刘濠，知道的人并不多。刘濠，刘基曾祖父，南宋末年曾官至翰林掌书。刘濠是一位乐善好施、行善积德的人。

宋朝灭亡之后，刘濠辞官隐居家乡武阳。武阳坐落在环境优美的南田山谷里，村内阡陌纵横，鸡犬相闻，犹如世外桃源。虽不做官，但他平时仍关心百姓疾苦，并十分同情贫困的百姓。据说，每逢梅雨季与寒冬腊月，刘濠常登高观察村里的人家，如果发现谁家不见炊烟，就把自家粮食送去救济他们。刘濠这种济贫救世之举，使他深受乡里百姓爱戴。

除乐善好施之外，刘濠焚屋救人的义举在历史上也留下重重的一笔。

宋朝灭亡后，社会矛盾不断升级，反元志士纷纷揭竿起义。至元二十四年（1287），刘濠同县人林融招募了一支义军反抗元朝统治者。林融原为宋朝提刑，因感愤于宋朝灭亡，便打着兴复宋室的旗号，聚众起义，结果惨遭镇压。

林融死后，朝廷没有就此罢休，还派专使前往青田县九都一带严查林融余党，欲赶尽杀绝。当地的地主豪绅乘机挟仇陷害百姓，把交不起田租的平民充作余党，谎报给专使。专使据此将万余名无辜者登记入册，准备返京呈报给朝廷。

见此事牵连人员如此之众，刘濠十分不忍。专使在南田武阳住宿时，刘濠特设酒筵宴请，并与孙子刘爚配合将其灌醉。待其酒醉沉睡后，刘濠从专使的行囊中取出名册，又放火将自己的房屋连同将呈报给朝廷的名单一同烧掉。看着熊熊大火燃起，名册已毁，他又派人将专使救出。

专使惊醒时，房屋已经倒塌。专使见行囊和名册一概化为灰烬，大为惊恐。刘濠则趁机将记录两百个恶贯满盈之人的名册作为替代品交给专使交差。这样一来，无数无辜受牵连者得以保全性命，免于一死。

当年，刘濠在武阳是大户，他焚屋救人的义举不仅冒着毁家之危，同时也冒着性命之险。事情一旦败露，不但个人性命不保，而且全家也将受到牵连。因此，他智救万人的义举一直为人们所传颂。

所谓“积善之家，必有余庆”，刘濠救人的义举对刘基也产生了十分深远的影响。

刘基小时候很聪明，他的老师郑复初就曾对刘基父亲刘爚说：“你的祖父道德深厚。这个孩子必定荣耀光大你的家门。”后来刘基帮朱元璋灭了元朝，平定了天下，得以封诚意伯爵位。人们都说他是因为祖上积德，才有机会获得这样的成就。

刘濠死后，葬于八都黄坑。《南田山志》记载：“宋翰林刘濠墓在南田西十里之黄坑水口，十二世孙刘瑜袭封诚意伯祔葬墓前，俗称石马坟。”当年墓道甬道两旁有石马、石龙、石猴、石羊、石俑等，还有一座牌坊，规模壮观。

我也去过石马坟几次，如今仍记得第一次去时看到的景象。那时

石马坟石马

石像与建筑已被破坏殆尽,只在田地里看到一对石马,我便站在田埂上拍了几张照片,拍完,仍站在那里搜寻着那些石像的去处。

之后,在草丛里看到一只青石质地的石龟。龟背上有一个长方形石槽,里面蓄满了雨水,不知石槽作何之用。我在田间来回走了几圈,在上方的田埂里,又看到两块石柱和散落的断石,围着石柱转了一圈,未看到任何文字记载。

随后在荒草中看到上刻着"明开国文臣刘公墓"的墓碑。因该碑文,有人怀疑此墓原为刘基墓,因为刘家只有刘基是开国文臣,多年来，关于此墓一直有很多猜测。

碑的后面是一座石头垒起的石堆，由于被盗墓贼多次盗掘，墓地被严重破坏，四周堆积着乱石，看着并不像一座墓。

根据这些残留的石像、石碑、石柱，可以判定当初这里应该是一座较豪华的墓地。此墓除葬有刘濠外，还有刘瑜。刘瑜为刘基九世孙，弘治年间掌南京前军都督府事，袭封诚意伯。

原石马坟坐东朝西，占地总面积 2700 多平方米。神道两侧立有石翁仲、石马、石狮、石羊等各一对，还有柱础等建筑物。我在田埂草丛中看到的那只石龟则是驮碑的石鳌，先前鳌背的石碑上刻有"谕祭"字样及图案。

对此墓，刘耀东在 1927 年 3 月 19 日的《疢疷日记》里有载："自外家归，便道谒浚登（刘濠）公墓（先刘文成公之曾祖墓），袭诚意

石马坟石龟

伯瑾（刘瑜）公附葬于次，翁仲石兽规制隆盛，惟瑾公墓碑书曰'明开国文臣刘公墓'，浚登公墓碑书曰'宋翰林掌书、掌阁刘公墓'。殊不解，当时何以疏忽，若此又墓门之旁，有一丰碑倒于地，尚未刻字，想当日欲刻神道碑铭而不成者。今墓上所立之碑，瑾公之碑，书曰'明开国文臣刘公墓'，固出于无知者之手。"

多年来，石像与牌坊已被破坏殆尽，仅剩一对石马和隐于草丛里的石龟。于近年，刘氏后裔才对刘濠、刘瑜坟墓进行了重修。

丢失的石像及重修后的墓地，多少失去了古味！但人们提到刘濠，就会想起"积善之家，必有余庆"的故事来。

飞云江之珊溪渡

　　水，常令人魂牵梦绕。有水的地方便有灵气，我喜欢有水的地方，比如喜欢一条河流。当沿着珊溪的一条溪流向上，在飞云江入口踏着碇步过溪时，看着奔流的溪水汇入江中，脑中闪过某个句子："一条河流不仅穿过空间，也会穿越时间。"河流不仅用它那奔流不息的脚步与力量穿越时空，还用隐秘的方式吸引着我们跟着它走。此行，我便是为了寻找飞云江上穿越时空记忆的古渡口珊溪渡。

　　珊溪渡是飞云江文成境内段最古老、最繁忙的渡口。

　　说起古老，总显得过于夸张，古老有多老呢？既不是盘古开天辟地之时，又没有更早的历史记录。即便有记载也是模糊不清的，我仅从一些记录里看到只言片语。文成水运始于唐代，宋代渐盛。《飞云江志》记录："唐末天复四年（904）瑞安港水运抵达百丈口（泰顺）。"依理，从有水运开始，江面上似乎就有渡口了。

　　再者，珊溪镇坦岐村后山上有一座北宋时期的碗窑遗址，按当时的交通条件考量，大量的产品要运出去，一定要经水路。还有更早的发现，珊溪飞云江畔的鲤鱼山上曾出土过石斧、石簇、石刀、石凿等粗制石器，距今也已有7000多年历史。出土的石器表明，早在几千年前，就有人类在此繁衍生息。由此来看，珊溪渡口或埠头之类的建设或许更早。因为人们要过江，所以自然要有一个渡口。

　　珊溪渡古老的原因还有一个，珊溪是一个古镇，向来热闹。珊溪的热闹要归结为它是埠头与商贸之地。旧时镇上有一条老街，位于珊溪镇街头村至街尾村，老街虽然规模不大，长仅千余米，但街道两侧店铺众多，有百货店、药店、弹棉花店、打铁店、客栈、雨伞店、供销社、染布店等。当年附近乡镇的村民均来珊溪老街购买生活用品，老街曾热闹非凡。

晨江渔早　刘化武摄

彼时，飞云江文成段也是文成境内水上客货运输的唯一航道，上通泰顺，下达瑞安。水运繁荣时期，飞云江上船来船往，热闹异常。珊溪渡为飞云江中上游主要埠头，也是瑞安、文成、泰顺地区水陆交通枢纽和经济往来重要集散地。

珊溪渡位于珊溪街尾和坦岐茶堂之间。旧时珊溪渡水面宽 120 米，洪水期宽约 400 米。珊溪渡处交通要津，为方便行人，两岸埠头各设天灯（灯塔）一盏。南岸木质灯柱、北岸石灯柱各高约 6 米，给夜渡的船只照明。北岸设亭，供待渡旅客小憩，免费供应茶水，名曰茶堂。

那时街尾村珊溪街一号为珊溪渡埠头，船只来往范围较广，西至汇溪乡、东龙乡、泰顺县，东至峃口乡、瑞安县，当时街尾村的村民主要为船工、搬运工。由此，珊溪渡的繁华便不言而喻了。即便现在，对于渡口、老街、埠头、滩头、茶堂等话题，珊溪人仍津津乐道。

根据人们的叙述，我的脑海里也多次勾勒着珊溪渡旧时的画面与场景：宽宽的江面与溪滩，往来的船只与等待过渡的人们，迎来送往的声音……正是带着对一条河流与古老渡口的探寻，我与同伴们前往寻找它的踪迹。

过了碇步，沿着溪滩的碎石前行时，我是怀着某种期待的。待穿越两座桥梁，来到原渡口埠头时，先前对古渡口的勾画与幻想

珊溪渡口边的民居

瞬间破灭。

因为眼前除了奔流不息的江水、高高伫立的水库大坝，以及一位临江垂钓者之外，窄窄的江岸上既没有船只、灯塔，也没有茶堂，卵石铺满的宽宽溪滩更是杳无踪影。

一个古渡口消失不见，我们总想寻到一点踪迹。我开始试着从人们口中或老照片中寻找渡口的旧影。曾看到一张不知何时拍摄的渡口老照片，照片上青山如画，江水清澈澄碧，对岸水面上有船只，岸上有房屋、灯柱。想来那便是人们口中珊溪渡的模样。

那时，飞云江上没有大桥，人们来往珊溪都要乘船。虽然江上渡口众多，但渡口多系众人募捐而设置的义渡。珊溪渡也属义渡，尽管设置年代不详，但从有限的文字记载来看，从有渡口以来，这里便有了渡船与船工，白天黑夜皆可摆渡，船工就住在渡口北岸的坦岐茶堂后的船工房里，可随叫随到。

因是义渡，那时两岸村民乘船不收费，只在秋收或年底时，挨家

珊溪渡口　马相亭提供

挨户筹粮。粮食多少不限，全凭自愿。对于外来渡江的人，则会适当收些船费。船工多为单身汉，或来自贫困家庭，因摆渡收入实在少得可怜，仅够糊口罢了。

当时村民过江，只需喊一嗓子，船工便来为乘客摆渡。站在江边，遥望江面，似乎能在脑海中勾勒出渡口的模样。船工将船靠岸，待人们上船，再用力将船划过水面，摆渡到对岸。只见江面上船只来往如梭，人们则在两岸等着渡船过江，有的焦急不堪，有的泰然自若。等待时，有人会在茶堂里喝茶闲聊。当然啦，施的茶也不是什么精致茶，而是当地山间采集的金银花、大青叶、蒲公英、小青、竹叶之类泡的凉茶，不过却是当地人最喜爱的一种茶。人们边喝茶边聊乡里乡情或奇谈怪事。

珊溪既是商贸之地，就必然也是热闹之地。渡口最热闹的时候，莫过于节日与喜庆的时候了。平时，江这边的人因要到江对面采购油、盐、酱、醋、鱼、肉、果蔬，便会一大早起来乘船过江。此外，还有端午时买粽子，过年时买年糕，女人们去布店买布料给家人做件衣服，男人们去剃个头什么的。一切采购停当，人们再于暮色时分携物乘船而归，回家再将所见所闻和趣事讲与家人或他人听。甚至听者都觉得到江那边也是一件令人向往的事。

当然，有些人会把家里的农产品、木炭等运到繁华的地方交易，然后再采购一些日常所需的生活用品回来。有时江那边的人要到江这边走亲访友，或是为了婚丧嫁娶、子女满月、老人过寿等应酬而往返两岸。

那时人员来来往往，热闹非凡。有时人们边等船，边大声地聊着乡间的家长里短，江边的人说话声调高昂，他们的声音总是在风中飘荡，并传得很远。小孩则在大人间来回穿梭，为能坐上船而激动不已。虽然生在江边，坐船也不是常有的事，而且坐船比走平地更有意思一些。岸这边的人到岸那边去，也总怀揣一份特别的心情。尤其坐在船上，欣赏着两岸风光，摇摇晃晃到对岸，心情也陡然不同起来。当然也有胆怯的人，总怕翻船与落水，还未坐上船已臆想自己死了几百回，即使这样，仍阻拦不住要到江那边去的心。

当然啦，那时的船不是什么高级船，多为木质人力船，最多可坐 20 余人。我曾看到一张十余人乘坐一只木船在珊溪渡过江的黑白老照片，虽然坐渡船的人不算多，但已把不大的木船填得满满当当。渡江的人或站或坐，船工则摇桨将众人送到对岸。会撑船的人，有时也会站在船头或船尾，帮船工摆渡，或撑一篙子。

尽管木船所载人数有限，但在 20 世纪 80 年代，平均下来，这样的船每天渡运也可达 1200 余人次。想想每天都有很多的人在江两岸等待过江，待乘客坐上船，船工奋力将船摆渡到对岸，又将对岸的人摆渡过来。一天忙忙碌碌，人来船往，也是一件壮观的事。

虽然江岸有照明，想来没有急事，夜间一般是没人渡江的。但生老病死，总是难免。倘若遇到十万火急的事，不管白天黑夜，天气如何，一定要到江对面办事，渡江的人也会连夜喊来船工，渡江而去。气候温和、天气晴朗时尚好，若遇到恶劣天气，想来船工也是不愿意的。渡江的人一定也是百般央求，使尽招数方过得江去。

当年珊溪最热闹的地方当数老街。除老街里的热闹与繁华，街尾村还设有木材与香菇交易市场。每天天不亮，江面上还弥漫着水雾，渡口就开始热闹起来。沿江两岸的村民会将竹木柴炭、植物油、棕、糯米、红薯丝等农副产品运到珊溪进行交易，回去时又会带上一些生产和生活必需品。每天江面上来往船只不断，人们来来往往，搬运物品、交易商品，热闹非凡。在人们一遍遍的描述中，我能想象到当时江面的场景，甚至仿佛能听到人们用方言叫买叫卖的声音。

在街尾村的墙上，我还看到一张珊溪渡埠头交易的场景画。江岸上停有船只，溪滩上摆有各类商品，人们在溪滩上穿梭，进行买卖交易，人群里不时有孩子的身影。想来那时这样的场景是常有的。大人们在埠头上进行买卖，小孩子们或看新鲜，或图热闹，像梭鱼一样在人群里兴奋地穿来跳去。从人们的言谈里，我也能感受到他们对过往的回忆，以及愉快而又难忘的心情。

由于水上运输繁忙，当时飞云江两岸的街尾村与坦岐村均设有造船大篷厂，并有多名专业制船的船工。但所造船只比较简陋，一般由桉树或杉木制成，制船需十天左右。木船的寿命不长，一般只能使用三年，到期就得更新，不然容易进水，发生事故。

船只偶发的事故还不可怕，可怕的是自然灾害。

飞云江因属山溪性强潮河流，上游水系均盘绕在高山深谷之中，急流多，不仅江面上容易出事，而且春夏洪水多，台风季常发洪灾。有史可查的最大洪水量出现在1912年，最高水位近20米，相当于六七层房屋那么高。每次来洪灾，沿江两岸群众的生命财产就会受到严重威胁。我曾不止一次听过，某次台风来袭，飞云江江水暴涨，洪水像猛兽一样冲往沿江两岸，水深时可没过居民房的二层楼，那时有人在楼上网鱼，有人在洪水中丧生。为治理洪灾，后建造了珊溪镇水库大坝，库区村民也进行了全体迁移。

水库建成后，热闹的水上运输归于沉寂。之后，上游的渡口均不复存在。蓄水后，珊溪水库的水以深邃和清澈著称，四季湖水清澈如镜，像一块翡翠镶嵌在巍峨叠翠的群山之中。随着原库区内的村庄及渡口沉于水下，下游的渡口也日渐荒废。没有了水上运输，珊溪老街也渐渐衰败下去。

如今沿着江岸走在原珊溪渡口的溪滩上，除了狭窄的河道、清清的江水，什么也看不到了。只能靠人们的回忆来想象渡口昔日的模样：哪儿有几棵树，哪儿是茶堂，哪儿是大篷厂，哪儿是交易市场，哪儿是渡船停靠的地方或船工住宿的地方。

渡口虽不在，但街尾村仍遗留着一些埠头的旧景。从埠头处路基下的隧道穿过，眼前会出现一间低矮的房屋、几堵石墙和几棵古树。这里便是珊溪老街与渡口的连接处。

只要驻足观望，便有人给你讲述围墙下仅有半边身体的榕树的故事。这原是渡口边一棵有着几百年历史的古榕树，先前，船工常将缆绳系在树身上。树的不幸，是它曾被一场大火烧毁过。当人们遗憾它死了时，枯树却冒出新芽。人们开始感叹榕树是一种不死树，它总能死而复生。离这棵历尽劫难的树不远，还有一棵稍年轻一些的榕树，

码头处石墙

但也有近 200 年历史。榕树下是一间低矮的、不起眼的房屋。

这间房屋便是当年珊溪渡口边的小饭馆，由于埠头上人来人往，当年六角钱一餐的饭筒直供不应求，餐馆里坐不下时，人们便会站着吃。那种景象虽在村民的回忆里闪闪发光，但在我眼中，这间孤零零的破旧小屋，只能与村民的记忆形成鲜明对比。它远不及周边几堵长着青苔的石墙和那两棵古树给我的冲击大，它们沧桑的容颜更能见证一个渡口的历史。

随后我又在老街里走了走，老街内除了还保留着的大篷厂和几间土石结构的老屋能让人回忆起过往的岁月外，也不剩什么了。让人不得不感叹，一个地方，无论曾经如何繁华与热闹，也有落幕的时候。珊溪渡在时光的流逝中，也仅成为一段过往的记忆！

沉睡水下的渡口

　　我曾多次去过飞云江库区，印象最深的是去高西村和上金村。两村均在库区深处，去往那里须得乘船。坐在船上，江水澄清如镜，两岸青山如画、浮岚暖翠。

　　每次去库区，途中都会看到一些有渡口字样的招牌，却看不到一只船。他们告诉我，珊溪造水库后，渡口及一些村庄均沉入水底，所

渡船

库区下的村庄　郑文清提供

以现在基本没有船。当时对沉入水底的村庄与渡口没什么概念，直到某年在一部纪录片中看到沉入千岛湖湖底的千年古城后，瞬间想起沉入飞云江库区的村庄与渡口。

写渡口时，我又想起那些沉入水下的村庄及渡口。我从未见过那些村庄，就像对那些村庄不了解一样，我对那些渡口也一无所知。渡口位于飞云江上游，寻找它们，须得溯源而上。

飞云江发源于景宁和泰顺两县交界处的洞宫山白云尖北麓，属山溪性强潮河流。由于飞云江地形狭长，两岸山崖夹峙，溪谷深邃，沟壑纵横，水流湍急，且当时造桥工艺不发达，两岸人员来往，只能以小舟或竹筏等进行摆渡。

当时沿岸分布着东龙乡、双溪乡和汇溪乡。水运繁忙时期，江上船来船往、川流不息。为使人们过江方便，那时沿江建有许多渡口。文成境内有30余个渡口，上游便有峃作口渡、河背渡、龙斗渡等多个渡口。

那时渡口多为义渡，由地方士绅集资负担渡船及船工费用，或募捐购置田产以租金维持义渡的运营，像村民捐资造桥、修路一样，是造福一方百姓的善举。在当时交通不甚发达，人们生活普遍落后的情况下，义渡更是有着非同寻常的意义。

寻访渡口前，我曾看到嘉庆二十一年（1816）的龙斗渡契据一张、嘉庆二十二年（1817）的龙斗渡施据一张、清道光十九年（1839）的南向渡旧施渡田碑引一处，上面写着"造渡为梁""渡船之设""君子捐资乐助设渡造船之费"等相关事宜。南向渡旧施渡田碑引上还明确规定："来往客商一概不许勒钱！"可见当时人们设置义渡是有明文规定的。

可能是先入为主的原因，起初我以为龙斗渡应是一个很大的渡口。龙嘛，总觉得它很神奇，或庞大，这种传说中极具灵性的动物也给人带来神秘之感。龙斗之地，一定是神圣之地。事实上只是名号有气势罢了，那是个只有一只木船的小渡口。

龙斗渡位于东龙乡龙斗村。村在飞云江南岸，村后一座山笔直伸向江边，和北岸的林岸山相峙，犹似两条龙隔江相斗，故名龙斗。古时龙斗为瑞安、平阳、泰顺三县要冲，清时曾在此设有"龙斗汛"，有官兵把守。

木筏下江

或许因为是要冲，这一村庄变得神秘起来，总让人觉得这是龙虎之地。当时渡口除当地村民渡江之外，官兵是不是也来往频繁呢？有官兵就会让人浮想联翩，让人想到战事，想到战鼓擂动、号角争鸣、吼叫与厮杀声，以及江水奔腾不息的呜咽声，渡江时的荡桨、摇橹和浪花飞溅声。

或许什么事也没有发生，士兵把守的只是所谓的一个界线卡点，为的是震慑土匪或一些无事生非的人。从设汛到撤汛，远处并无战鼓传来，近处也无厮杀吼声，有的只是江水的日夜奔腾、山间的鸟语虫鸣、官兵为一方平安的往来值勤，以及人们劳累一天，被凉凉夜空掩映的深深疲倦。乃至后来，渡口只剩一只小木船，偶有摆渡时人们的呼唤声，以及水花与摇桨声。

龙斗渡不管是喧哗，还是安静，已是一个过去式，如今渡口也已沉入水下，其模样不得而知，但总归只是个小小的渡口。

龙斗渡并不是东龙乡唯一的渡口。飞云江自西北部入境，曲流东南出境，截乡境为南北各半。又因乡境未通公路，人们出行，只能乘船沿飞云江进出。因此沿江两岸有焦溪渡、龙斗渡、林岸渡、竹段垟渡、金钟渡等渡口。每个渡口，各配木船一只，运送两岸村民来往过江。上达泰顺，下达瑞安，人们皆从此渡口走进走出。

如果说龙斗渡小，南向渡也并不比它大多少。南向渡位于汇溪乡南向村。乍听此村名，觉得颇具诗意，适合写诗或做文章。因村子坐北朝南，面对飞云江，故名南向村。村子和它的名字一样，也是一个颇具诗意的地方。

南向村原是飞云江畔一个荒凉的小山村。它最诗意的地方还不是村名，是它诗性的记载。我曾在《泰顺分疆录》上看到一首写南向村的诗：

傍岸人烟四五家，滩声呜咽石槎枒。

山村寂寞无秋色，一片黄茅也作花。

诗由清朝泰顺廪生董祈所写，时人皆惊于其才华，誉称其为"浙中第一流"。其诗作不禁让人对这个村子反复咀嚼、回味起来。浅滩、船、筏子以及寥寥几户人家，与江水的呜咽和寂寞形成了呼应。这个茅草也作花的地方一定有它的独到之处，让人触景生情，不然诗人也不会诗兴大发了。

在此前提下，我虽未睹南向村景象，但也觉得南向村是一个令人回味的地方。村前是飞云江，江上船筏往来，村外阡陌纵横，江岸芒草、芦苇丛生。待到秋季，芦苇和芒草的花在阳光下闪闪发光，花穗在风中摇曳、飘扬，偶有白鹭在江岸上滑翔。那时人们出行坐在船上，看着两岸的湖光山色，心情想必也是愉悦的吧。此情此景，诗人当然要歌咏一番了。

加上看到南向渡旧施渡田碑引上载的"君子捐资乐助设渡造船之费""来往客商一概不许勒钱"，想来此处一定有乐善好施之人，或与此地有关的人进行施渡。一个人心向善的地方，总让人觉得美好一些。

南向渡虽不是大的渡口，但水宽也有110余米，仅次于珊溪渡；虽不是繁华之地，但人们来往两岸，免费渡江，想来内心也是欢悦的。在南向渡沉入水下之前，渡口处有可载18人的木质人力船一只，可摆渡两岸村民过江。那时人们也由此渡口乘船或撑筏溯源而上，或顺流而下，去采买生活生产用品，或把竹、木材、碳及农产品运到珊溪一带换些生活物资。

比起龙斗渡和南向渡，峃作口渡可能更为知名一些。

峃作口渡在峃作口村的峃作口溪上。此溪又名下窄口溪，因出水口上宽下窄而得名，后演变为现名。峃作口溪为飞云江的主要支流，发源于石垟林场三个坳，流经西坑、双溪、汇溪等乡，之后在小溪口注入飞云江。

峃作口渡虽有些知名度，却没有珊溪渡繁华，平时水面也仅宽40余米。渡口系交通兼农渡，来往的多是峃作口村和龙潭背村两岸的村民。此处原有客座16位的木质人力船一只、船工一名，每天渡运平均可达400人次。

平时渡口不宽，遇雨季或台风季，水位瞬间上涨，江面也会跟着增宽。随着水位上升，水流便会变得湍急起来，先前看似温顺的水，瞬间会变得凶险起来，稍有不慎，便会引发事故。峃作口渡就曾出现一次事故。

事故发生在1986年4月底的一天，那天雷雨过后，江水瞬间涨高，水流湍急，一名旅客和牛主赶着一大一小两头牛渡江。渡工和两个弟弟帮助撑渡。渡船离岸不久，船尾漏洞进水，小牛惊慌使渡船失控，被急流冲向下游，到离渡口不远处时，人畜全部落水。渡工的两个弟弟获救，渡工及两名旅客遇难，牛被冲走。

这还不是飞云江渡口发生过的最大事故，十年前的珊溪渡出过一次更大的事故。1976年8月的一天，珊溪渡口一只载客16人的渡船在江中倾翻。那天渡船由坦岐茶堂驶向珊溪街方向，中途因为渡船漏水，乘客惊慌跳船，导致渡船失控倾翻，船上人员全部落水。事故导致9死6伤。起初我认为，遇难的人肯定都不会游泳，才会遭此横祸。事实是，遇难时9人是抱在一起的，其中大多会游泳，只因被不会游泳的人死死抱住，无法脱身才遇难。

飞云江渡口前后十年发生的两起事故，给人们敲响了警钟。很长一段时间，人们乘船时仍心有余悸。尽管如此，在交通不便的时代，渡口还是给两岸群众带来了很大的便利。

　　当年紧邻峃作口渡的还有小溪口渡、排前渡、河背渡等渡口。这些渡口多建于清嘉庆与道光年间，其资金主要来自村民捐赠或渡江之资。为管理好渡口，方便两岸村民渡江，渡口处多立有碑文，或留有契据。各渡口都配有 10 人以上座位的木质人力船一只、船工一名，均系交通兼农渡。每个渡口平均每天渡运 300 余人次。

　　乐善好施是一大美德，对这种善举，人们总是津津乐道。这种善举的确也方便了许多人，几百年过去，人们仍会记得。即便今天，人们仍崇尚做善事。

　　那时，人们近水也恐水。除偶发的事故外，每到雨季或台风季，飞云江洪灾频发。每次洪水来犯，沿江两岸群众的生命财产就受到严重威胁。为治理洪灾，20 世纪 90 年代末，此处建造了珊溪水库防汛大坝。建库前，位于东龙乡、双溪乡、汇溪乡库区内的村民进行了集体迁移。

　　当时人们虽不情愿，但在自然灾害的威胁面前，不得不妥协。随着水库的建成，昔日库区内的村庄、渡口及一些遗址遗迹均沉睡于水底。想要重温昔日村庄与渡口的样子，确实很难，只能在有限的资料中看到关于它的只言片语。

　　我曾看到水库未建成前，村庄、渡口、溪滩、木船等场景的一些照片。古朴的照片、模糊的图像，让一切变得非常遥远。如今也只能从这有限的图片或人们的记忆里回味沉于水下的渡口。

　　有时我在想，如果潜到几十米的水下，是否能像看到千岛湖附近那些沉睡水下的古村落一样，在飞云江水库下方看到那些村庄和渡口遗迹呢？想来已不大可能，千岛湖附近建筑多为土石结构，文成的建筑则是土木砖混结构，库区蓄水后，想必那些建筑大多已被水流带走！

　　如今即便走到飞云江尽头，也很难找到古香古色的渡口了。进入

飞云湖库区深处

库区，当那些曾在这里生活过的人因怀念它而泪目时，我却无法想象它们之前的样子，仅在高西村、上金村沿岸看到零星的房屋与几处渡口遗迹。

上金是一个有着 260 余年历史的古村，是一个重礼重教的家族式村落。从清朝道光年间到光绪年间，村子曾先后出了两名贡生、一名六品衔、一名从九品、两名太学生、一名邑庠生。建造水库后村子三面环水，被阻断的孤村位于群山环绕之中，四周山清水秀，山峦起伏、沟壑纵横，如果不乘船，很难到达。高西村同样是建造水库后，四面交通被阻断，成为库区为数不多的几个偏僻孤村之一。

前些年去往上金村与高西村时，发现村子仅剩下几位老人，随着老人过世或被子女接走，村子几近荒芜。如今进入库区，尽管沿江两岸的台阶上还竖有渡口的牌子，但终归不是我们所想象中渡口的样子。仅存的渡口也几乎看不到船的影子，甚至连个筏子都看不到。

我不禁感叹，渡口不管沉睡水下，还是浮于水上，总归会随着时间的流逝，渐渐淡出人们的视野。在渡口处，过渡人和摆渡人都不过是时间的过客罢了！

数声渡桨逐沙鸥

追溯完飞云江上游的那些渡口，由珊溪渡往下便是巨屿一带的横前、方前、潘岙等渡口了。

巨屿既非江也非渡，乃河边小镇，俗呼"五十四"，即古时嘉屿乡五十四都。即便在今天，仍有许多人称其为"五十四"。

五十四所在地后改为孔龙乡，乡政府驻地在稠泛村。就像对"五十四"感到疑惑一样，我对"孔龙"的称呼也是如此，常会联想到"恐龙"两字。即便知道"孔龙"来源于原"孔徐""龙垟"两个乡名的首字，就像疑惑"五十四"为什么不是"四十五"一样，仍觉得它为什么不叫恐龙呢？这种莫名或病态的联想，有时会让人失笑。

我有一同事，每每说起自己是孔龙人，我们都大笑不已，她常被笑得莫名其妙，觉得我们都是坏人。久而久之，这个"孔龙"来的人便有了"鸟"的别号。我对巨屿的认识，便是源于这些生活细节。待去写它时，又考究起它的过去来。

巨屿镇境内东西两侧山峰绵延，飞云江穿境而过，沿江两岸山清水秀，风光绮丽。水运繁荣时期，飞云江是上通泰顺，下达瑞安的水上客货运输的唯一航道。巨屿为此航道上主要埠头之一，最大的渡口为方前渡。

方前渡始建于明初。位于方前村前的飞云江上，渡口两岸是方前

村和稠泛村。方前村原是花前乡政府驻
地，因濒临飞云江，水路交通便利，旧
时江面建有码头与渡口，来往船只众多，
当地许多居民从事船筏业和商业。

随着商业勃兴，沿村路面渐成街道，
称为"方前街"。《瑞安县志》于 1931 年
曾记录此商贸街规模："街长四十五丈，
宽十五尺，商业十五户。"虽然街道规
模不是很大，但在当时已是一个小集镇。
街上的铺子有卖农具、粮食、柴炭、油
盐酱醋茶等生产生活用品。

那时船筏业兴盛，沿江两岸的百姓
皆来来往往于飞云江之上，买卖柴米油
盐酱醋茶及一些生产生活用品，街道一
度也很热闹与繁华。除进行买卖外，两
岸人们交往频繁，往来密集，均由方前
渡往返于飞云江之上。

我时常还听到人们讲起方前渡，说旧
时的方前渡是很热闹的，船只来往频繁，
埠头上搬运卸货声、交易声不断，规模

不次于珊溪渡。饶是如此，方前渡规模有多大，我并没有概念，仅
能从一些文字或诗句里了解飞云江昔日的景象。

清代诗人包必升曾为穿口的包龙潭作过《龙潭瀑布》一诗。穿口
紧邻方前，是飞云江畔的一个小村子。诗中"闲游溪畔望村船，回
首飞泉射目前"写的便是飞云江昔日的景象。

清朝另一位诗人为穿口永安桥作诗道："日见香船千百艘，有队

飞云江巨屿段

狮山倚罗尖。"两首诗中,均提到当时飞云江畔有不少船只。我也在
一些资料里看到飞云江上船只来往不断的描述。想来那时此地作为
交通要道,一定非常热闹,这种热闹是有迹可寻的。

　　与方前村隔江相望的是稠泛村。渡船常由方前村方向摇桨到对岸。江面上船来船往，采买采卖，走亲访友，两岸百姓不仅来往密切，交集也非常多。关于江，关于水，不仅各地流传着一些故事，而且人们也口口相传那些与江水有关的故事。

稠泛村的形成便与飞云江的江水流向有关。原珊溪水流改道之前，飞云江江水是绕珊溪坦歧村流向直冲巨屿镇稠泛村方向的山岙，在岙口处江水受阻倒流形成旋涡，当地人称这种回旋为水泛。江水流经此处时，常带有大量泥沙，淤积此处，成为沙洲，此处便有洲泛之称，后改为稠泛。

由于水流在此处回旋，当年船工渡船时，也要有一定的技术。一些老船工讲起渡江的情景时常说，当年渡口处因水流回旋，老练的船工会在水流回旋处绕一下，绕过旋涡，再将船摇到对岸。

因飞云江属山溪性强潮河流，雨季常发水患。宋乾道二年（1166），飞云江上游就曾发生过一次特大洪水。《瑞安县志》载："宋孝宗乾道二年，秋分月霁，忽风暴雨狂，水暴涨，溺死数万人。"此次水患导致飞云江沿江两岸百姓受灾严重。之后，珊溪水流进行了改道，改道后江水由珊溪上游往巨屿方向流动时便直冲前方。稠泛村前的深渊经由泥沙的沉积而形成大片沙洲。此地临江靠山，随着徙居此处的人越来越多，逐渐形成一派田园风光。

稠泛村最早住民已无从稽考，有史可查的，有唐吴畦次弟吴祎十五世孙吴子铉于元末明初由松源（今庆元）徙居稠泛，后又有潘氏、林氏与陈氏于明时迁入。

有人居住，便有人歌颂此地，并留下一些赞美稠泛景致的诗词，于是就有了吴氏族谱载咏的：

桑麻隐里讦瀛洲，带水屏山锦色幽。
西岸垂杨拖地轴，南园修竹倚庄楼。

双清风月来溪面，五色云霞布岭头。

柳巷鸡鸣报客晓，数声渡桨逐沙鸥。

以及林氏族谱里所载的：

东河游罢复西川，稠泛书城逢客船。

花竹岭平云罩树，芳婵渡阔水连天。

…………

我虽对其中的一些名词感到疑惑，但无论是前诗的桑麻、庄楼、柳巷，还是后诗的书城、客船，都已指明当时此处已是一个有多户人家居住的村落，是一个风景秀美且人员来往不断的地方。

因要写的是渡口，自然我所感兴趣的不是它的田园风光，而是诗中所描述的"东河游罢复西川，稠泛书城逢客船"的景象，以及"数声渡桨逐沙鸥"里所包含的意韵。而后一句更是让人想起李清照《如梦令》里"争渡，争渡，惊起一滩鸥鹭"的词句来！如今江面上还不时腾飞着群群白鹭，走在江边，偶尔也有成群的沙鸥由林间突然惊飞，想来那时"逐沙鸥"也是常见的事。可见那时的江边既有生活的热闹，也有诗意的存在。

当时巨屿除了方前渡，紧邻的还有横岩渡、潘岙渡、孔岙渡等。在飞云江的水运繁荣时期，江面上船来船往，摇桨声此起彼伏，那场景一定非常热闹。由此，诗中所写的"闲游溪畔望村船""日见香船千百艘"并不为虚。如今的飞云江面难得见到一艘船或一道筏，对比起来，那时飞云江来往船只熙熙攘攘的景象，便颇令人向往。

旧时方前渡的热闹是和飞云江的水运紧密相关的，是来往人员与船只带来的。直到20世纪70年代末，文珊公路通过孔龙乡稠泛村后，

天空飞掠而过的鸥鹭

《鹭影》 夏肇旭摄

方前村才逐渐从繁华走向衰落。

方前村虽然不再热闹，但渡口仍在。20 世纪 80 年代时，方前渡水面宽还有 100 多米，配有客座 24 位的木质人力船 2 只、船工 4 人，平均每天渡运达 300 人次。当地人认为，方前渡与珊溪渡的客运水平是不相上下的。

后来随着公路建设，加上建造珊溪水库，飞云江河道改建，水域截流，如今再难看到"闲游溪畔望村船"或"日见香船千百艘"的景象了。

截流后，飞云江换了另一种姿态出现在人们面前，资源仍非常丰富，两岸湖光山色美不胜收。由于地面与水库的水有温差，飞云江沿途的江面上时常烟波浩渺，水雾茫茫，宛若仙境。临山，近水，江中林木葱郁，且有多个大小不一的沙洲，绝色的景致常吸引白鹭来此栖息。无论清晨，还是黄昏，时常能看到成群的白鹭伸展着颀长的脖子、细长的腿，在江面上滑翔、觅食、嬉戏。不经意间，它们已把巨屿一带的江面装饰成一幅如诗般美丽生动的画。

虽然此地仍与水为邻，但再难呈现昔日船来船往的热闹景象。渡口无论带给人们怎样的记忆，终究成为一个过去式，虽仍有鸥，但已难再现"数声渡桨逐沙鸥"了。

在时光的渡口里，你我皆是过客

　　有段时间，我十分向往乘船。那是溪口大桥建成之前，每天上下班乘车绕飞云江而过，途中要经过一个渡口。那是一个掩映在绿丛中不起眼的小小埠头，经过那里时，时常会看到有渡船将行人由江这边送往江那边。不管清晨，还是黄昏，当看到载人的船或在绿树掩映下，或在水雾弥漫的江面上穿行时，总觉得画面很美。

江上撑筏人

一个雪天的早晨，再次经过那儿，看到漫天飞雪飘洒在江面上，以及那条孤零零的小船时，我像遭受雷击一样，第一次对渡口产生了兴趣。不仅觉得船会说话，江会说话，就连渡口及埠头的石头也会说话。瞬间，许多有关渡口的句子源源不断地冒出来。

众多写渡口的文章中，我较偏爱沈复《浮生六记》里的那句："是日早凉，携一仆先至胥江渡口，登舟而待。"这句话内包含着沈复和陈芸之间闲情雅趣的生活，较令人回味。那一瞬间感觉一叶小舟在江面横渡，似穿越时空一般，去了另一个奇异的地方，顿觉趣味盎然。

在此等待渡江的人们，都极富生活气息，有独自一人的，有携家眷和行李的，也有带着青菜瓜果和其他生产生活用品的。渡江时，往往他们站在江畔，喊一嗓子，一只小木船便由对岸摇来，待人登船后又摇橹而去。我觉得这画面十分符合《浮生六记》提到的场景。至此，我对那个渡口有了新的印象，并记下了它的名字——渡渎渡。

渡渎渡仅是飞云江上众多渡口中的小小一个。从方前渡往下游走，到溪口处还有不少渡口，我还记得临着渡渎渡的渡头渡，因两渡口发音相近，读起来像读绕口令，稍发音不准，感觉像在玩自己的舌头似的。

渡头渡位于溪口村，始建于清嘉庆年间。渡口两岸是郑山岭脚村和渡头村，水宽约百米，当年配有 22 座的木质人力船一只、船工一人。该渡口系交通渡，平均每天渡运 300 人次。虽然渡头渡建造较早，但我要说的不是它，而是渡渎渡，也就是最初引起我对渡口关注的那个地方。那时，它符合我对渡口的无限想象。

渡渎渡位于渡渎村，紧邻溪口村，水面宽百余米，原配有 20 座的木质人力船一只、船工一人。同样系交通渡，但渡渎渡平均每天渡运仅百人次。原本渡渎渡并不起眼，但在众多渡口消失后，它仍在为过往的人摆渡，便显得物以稀为贵起来。加上我这个很少看到

渎渡村民居

渡船的外乡人，在雪天看到一处寒江渡船图，便对它无限向往起来。

为了满足一个雪天像被雷击一样对它产生的期待，不久，我便走进了渡渎村。

村子并没有想象中那么神秘与不可触摸。在村口首先看到的是一条溪坑，当地人将这种溪坑称为"渎"。"渎"在我的理解里有着轻慢、不恭敬之意，但用这一字称呼河川，却又显得正式与庄重起来。渡渎村名的由来，也与这一字有关。

旧时，渡渎村所处位置是飞云江畔港湾内的一个小湖泊，那时飞云江水流急，山洪冲积的污泥经过时，便淤积于此，至明初逐步形

成谷地。先有李姓迁入，后又有郑姓迁入，因遍地涂滩，无法耕种，村人便取名为"涂渎"，后简化成"渡渎"二字。村名还有另一说法，说村子因三面环山，出口处狭小，形状像肚，有一条小溪从村中经过。古人便将此村命名为"肚渎"，后村口成为渡口，遂改称"渡渎口"。

旧时渡渎村是文成至泰顺、平阳至景宁古道的交接点。渡渎的古石桥、古道是文泰线上的必经之地。村中有建于清道光年间的古戏台，戏台不像同类建筑那样飞檐翘角，而是与两侧的厢房连为一体，梁柱之间的雀替与藻井上绘有精致的图案。尽管部分彩绘因年代久远有些模糊，仍不失美观。

从戏台边门出去，是一条小巷，巷里是一片古朴的民居群。悠长的小巷、石砌的围墙、简朴的泥墙屋、木质结构的古建筑，置身其中，有种回归时光深处的感觉。往里走，巷子深处，几株芭蕉掩映在建筑群间，不时有鸟雀在叶间穿梭鸣啭。鸟鸣声为幽深的小巷增添了生动与朝气。

巷中的建筑大多已荒废，人去楼空后，建筑因年久失修，大多摇摇欲坠。走进其中的一处古建筑，四周一片空寂。院中堆满大小不一的木头，房间里的木桌与灶台残缺不全，房屋的角角落落都布满荒草与蛛网。午后的阳光照射在那些镂空的窗户上、房屋的青瓦上、院中的木头上，虽有凄凉之感，却也有苍凉之美。踏过每一道门槛，转过每一个屋角，都让人感觉岁月流逝的无情与时代沧桑的凄然。

就连那座曾经象征身份的文元屋也变得残破不全。文元屋是一座木构建筑的四合院,属贡生郑作进的宅邸。除了门口悬挂的文元屋牌与大厅里光绪年间为庆祝郑母六十大寿所立的"护馆长春"匾额透露出一种古老的气息,院中堆放的杂物、行走着的家禽,以及风中吹来的家畜的缕缕气味,简直让人无法将此院与文元屋联系起来。院落的不堪,更是让人无法下脚。但我仍对此村的过往感到好奇。

之后,我从郑氏族谱里看到,曾立过军功的郑作星和进士、翰林院侍读学士孙锵鸣之间的事迹,以及一些文人雅士和另一些被历史尘封而无法拾取的记忆。那些记录会让人忽生出这是一个"谈笑有鸿儒,往来无白丁"的地方的感叹。那时往来渡渎的人,是不是都是乘船而来的?他们或由温州市区来,或由瑞安来;他们或由海上、江上驾舟挂帆而来,或乘客船而来。而由此处往外走的人,也要经过渡口乘船,漂洋过海,到外面更广阔的世界去。

当你以为渡渎是文人雅士和鸿儒聚集之地时,如果了解它的另一段历史,就会给你另外一种冲击。

渡渎村因紧靠飞云江,四周高山林立,旧时水路交通便利,便形成了得天独厚的自然资源。元末的吴成七曾在渡渎建有猫儿寨、狮子寨前哨站。

吴成七是元末农民起义军领袖,曾以黄坦龚宅、金山指挥烽火寨为基地,把势力范围扩大到处(州)、温(州)、婺(金华)及闽北建瓯一带。农民起义军一度打击了元朝统治集团,以及地方恶霸武装势力。

猫儿寨、狮子寨是吴成七控制飞云江门户的前哨寨,能从飞云江上来往的商船,及时了解元朝官兵的动向。一旦发现敌军,点燃烽火通风报信,军情可经猫儿寨、狮子寨直达金山大寨。金山大寨是进可攻,退可守的天然屏障,至今山上仍保留有两座寨基和哨台、战壕、

摇摇欲坠的古民居

取水渠道遗址。

或许那时，此处作为门户地，是战事要塞，集结着众多或部分起义军。他们聚邑结寨散居于渡渎的关隘要塞、深山密林之中、溪谷之间。有敌来犯，他们可以一马当先，或牵制局面，或点燃烽火将前方敌情报与后方知晓。一条江，不仅成为当时的交通运输航道，有时也成为起义军的生死之地，江这边和江那边便见证了许多生死与离别。

而渡口便是江这边和江那边的物资、信息互相交换与传递的节点。人们由渡口走进来，又由渡口走出去，渡口不仅见证了渡渎的百年世事与沧桑，也见证了渡渎的变迁。

如今随着时光流逝，那个不知见证了多少欢聚、离别的小小渡口，也像一块石头一样沉默于某处了。

为了追念我对渡渎渡的向往与神思，在写此篇文章时，我又到飞云江畔的渡口处看了看。渡口的埠头还在，亭子还在，路标和小径还在，石阶也还在，江水依然清澈见底，但渡口处已没有船，更没了摆渡人，只剩下四周青葱的树木与死于水中幽灵一般的枯树，和一个于恍惚间傻愣愣的拍照人。

　　站在江边，望着沿江两岸的景色，脑海中仍浮现着那个雪天，以及雨中、雾中渡船的场景。渡江人坐在船上，摆渡人在江面上轻轻地

春日的飞云江江面

摇起橹，将人渡到对岸，短短百米的江岸，记忆里似乎摆渡了几百年。不管是渡江人，还是摆渡人，抑或者我这个路人，在时光的渡口里，你我皆是时间的过客！那种"登舟而待"或"渐见风帆沙鸟，水天一色"的景色，只能是在想象里了。

舴艋舟，许多愁

在溪口附近，我还在寻找另一个渡口。寻找那个渡口，像在寻找河的第三条岸一样。一条河是否有第三条岸呢？

巴西作家罗萨曾写过一篇名为《河的第三条岸》的小说。文中本分的父亲某天异想天开，为自己打造了一条结实的小船，挥手告别家人，走向离家不远的一条大河。不是远行也不是逃离，而是像患了某种隐疾的人一样不愿示人，独自一人驾舟在河流上漂荡，家人想尽办法让他上岸，但他依然故我，再也没有上岸。

我们所理解的岸，不是在河的这边就是那边，小说里河的第三条岸似乎并不存在于我们所理解的位置。于是，这启发了我对河的理解。渡口与渡船所承载的作用，就像河的第三条岸一样，而河的第三条岸存在于另一个维度与另一个空间。当人们从河这边到河那边，就是走进另一个维度，走出原来的心灵与精神空间。

我在溪口所寻找的第三条岸叫安阳渡，一个已说不上来在几时消失的渡口。在写渡口前，我曾看到几篇文成渡口碑记，除已沉到水下的几个渡口外，我对安阳渡颇感兴趣。尤其在看到《安阳渡亭碑记》之后。

碑文开篇便道："岁辛丑，余自鹿城挂帆回里，舟泊溪口之渡头。晨起登岸，高瞻远瞩，兴味正复不浅……见夫隔水呼渡者，靡靡然，背负自担，往来不绝……群相与语曰：'此地南通郡城，西连泰邑，且可迂回达括苍，赴闽省，真要道也。'奈无仁人长者建一义渡，致舟人索钱喧杂，兼之舴艋几于朽腐，上漏下湿，艰险不可言状，即是处，可以坐息或不无渴极思饮之，惨为缺感事耳……"碑文写于清道光二十二年（1842）秋，记录了安阳渡的由来及募捐建设等情由。

碑文开篇便引起我对此渡口的兴趣，觉得此碑文写得颇有情怀。而且"安阳"一名也和飞云江名称演变有关。《浙江通志》称：飞云江本名罗阳江，以在大罗山之阳而得名。三国孙吴置县时，以此作县名。飞云江亦名安阳江、安固江、瑞安江，皆取自历代县名，因瑞安有飞云关，后改名为飞云江。瑞安于宝鼎三年（268）由原罗阳县改为安阳县，江名也随之改为安阳江，距今已1756年。但此渡虽叫安阳渡，多依江名而改，并非真有千年历史。

因安阳渡和飞云江旧名有关，我便想探寻此渡口之后的故事。因碑文中出现"舟泊溪口之渡头"，便窃以为此渡口在溪口处。还因"自鹿城挂帆回里""兼之舴艋几于朽腐"二句推测，温州旧有白鹿城之称，想来鹿城指温州，船由温州归来。"挂帆而回"，那就是当时江面上已有挂帆的船只了。

舴艋是一种形似蚱蜢的小船。常听当地人说此船为小平头、尾翘、底平，上盖搭篾篷，以蔽风雨，篷下有梁，人在篷下可以前后走动。船身上有重叠的篷可做风帆，顺风时，可悬于桅杆上助力，但平时多用人力以篙桨推动前行。当地人又叫这种船为梭船，因只在飞云江上至大峃一带行驶，亦称作"大峃艇"。这些小船，对战时的瓯江运输，曾起到了很大的作用。

在人们的介绍中，我完全搞不懂"舴艋"和"梭船""大峃艇"有什么区别。对一个不在水边长大又未见过他们所描述的船样的人来说，难以勾勒出它的具体样子。于是这些船在我的印象里就像一

细数浮生万千绪

江上打鱼人

群猴子一样，长得都一样，又都不一样。若说不同，却又说不出具
体不同之处。

　　为了弄清楚它们的区别，我查了资料，才弄懂：大㳇艇长得头尖
尾翘，船体较长；梭船两头尖，以其形如织布梭子而得名，又名蚱蜢船，
船身较短。李清照《如梦令》中"只恐双溪舴艋舟，载不动许多愁"

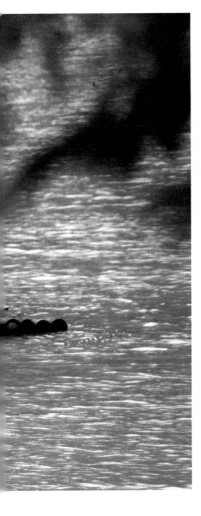

指的就是这种梭船。

我曾看到一张原汇溪埠头的旧照片，图上就有那种形状如梭的舴艋船。这种过去常见且不起眼的小船，对于我这种未曾体验过撑船人苦和愁的人来说，初见时却觉得它如诗画般美好。可谁又能体会当时撑船人的愁滋味呢？当时撑船和打铁、磨豆腐一样，只是穷苦人谋生的一种技能。

那时飞云江江面上这种小船来来往往。无论是轻摇橹，还是慢划桨，江面上一定船歌声声、摇橹阵阵，虽没有江南水乡的那种娇柔、灵动与舒缓，但也有种水上生活的别番滋味。

然而在溪口，我遍寻安阳渡无果。经打探，说安阳渡在峃口九龙井。九龙井位于飞云江畔，是一个小小的自然村，据说从地形上看，有九条状似龙的山脉汇聚于此，故名九龙井。旧时，九龙井有一个深潭，潭长千米，深不可测。传说，潭中有一大鳖，如斗一般，每出现，夏秋必发大水，十分灵验，故当地人称之为"神鳖"。

对这种传说，我总是报之一笑。夏秋本是台风季，沿海地区临水，水患多发。因飞云江属山溪性强潮河流，雨季也是水患频发之地。鳖与水相依，有着某种关联，村人总喜将这种关联说得更紧密一些，有时又会略夸大一些。当然，这些传说有时也在情理之中。

在九龙井处，仍寻不到安阳渡具体位置，经打探，有人告之，安

飞云江上的梭船

阳渡早在多年前停用，亭碑也于多年前被一老农敲碎砌了菜园墙，若去细细寻找，估计还能找到碎片。

在未寻找碎片前，无意中，我从《文成乡镇志》里看到一段关于安阳渡的记录。安阳渡，位于飞云江溪口村渡头，始建于清嘉庆年间，具体年代不详，但距今已200余年。其原为交通渡，旧时水面宽百余米，历代设有木船、渡工。未建公路前，日均渡运300余人次。有清道光二十二年（1842）所立的《安阳渡亭碑》以记其事。也就是前面我所略略描述的那段碑文记。

不管怎么说，安阳渡是确实存在的，那时江水湍急，没有桥，人们来往过江十分困难。如碑文所记，渡口是由当地乐善好施者募捐而建，那时人们乐于捐助，建造渡口、茶亭、道路、桥梁等。就连位于溪口村的桂溪桥也由四方君子慨助乐施，捐资所建。这些捐建皆和飞云江水流有关。

《文成乡镇志》载，桂溪发源于桂东村，经双桂，在溪口村处注入飞云江。每逢雨季，水流湍急，奔腾不息。《桂溪桥碑》记，过去桂溪称五十三都，署闽浙通津，瑞平要道，奈洪流奔汛，人恨不能插翅而飞，或大雨连绵，叹莫得摇舟而渡。后四方君子捐资，于光绪十五年（1889）建得此桥。如果说渡口、渡船是河的第三条岸，那么桥梁，也算是河或江的第三条岸。但这座桥也于2016年被那个叫"鲇鱼"的台风摧毁，桥碑与桥梁皆被洪水带走。

无论是安阳渡，还是桂溪桥，都曾为两岸村民和来往行人带来了方便。如今两者已遍寻不见踪影。

起初我想，即便找不到渡口，也不见船只，去找一找安阳渡的碎片吧，权且算认真地寻过它了。可真去寻时，又想起"那亭碑也于多年前被一老农敲碎砌了菜园墙"的提醒，恍然间，竟胆怯起来，不知该从哪一处菜园墙寻起。即便寻到,石已砌入墙中,也唯留遗憾！也罢，让那段洋洋洒洒的碑文在心中留下一片希冀吧！

可落笔，仍愁绪满结，像一件事没有尽力一样，脑海里仍不停浮现着许多的文字，及江面上那些过往的舴艋舟。但终究，再多的舴艋舟，也载不动许多愁了！

古城墙下的渡口

离开安阳渡之后，我便奔赴峃口半爿城墙下的古渡口。

峃口是一个古镇。"处州十县九无城，温州五县六条城"，六条城中就有峃口城。峃口城即指峃口古城堡。

古城堡位于峃口村泗溪汇流飞云江的下岬角，背倚山，面临江，泗溪水由其西南流过。旧时，峃口是瑞安、平阳、青田、泰顺四县陆路的交通枢纽，是泰顺、瑞安、文成三地水上运输的中心点，亦是"军事要塞"。有敌来犯，常常经过此处。

峃口水系较多，常有水患，每年雨季和台风季，洪水频发。尤其峃口村，每次洪水袭来，飞云江水倒流，泗溪水也从山峡中冲出，村前溪江常变成一片洪水湖。在台风季，我也见过峃口处于一片汪洋之中的情景。如遇特大洪水，全村不是被淹没便是屋舍荡然无存。为防水患，村民不知与洪水搏斗过多少次。旧时，沿江百姓便多次向朝廷申请修筑防水墙，直至明代，朝廷才准予拨款补助修建城墙。

古城堡在峃口村泗溪河一侧，俗称"半爿城墙"。明嘉靖二十五年（1546）奉命开建，嘉靖二十八年（1549）十月完工。古城堡主要用来防山寇侵扰与水患。城墙长数百丈，高数丈，设有防水门，便于江边行人往来。城堡原有五个城门，后毁了两个，清时又加建一个。这些城堡分别依山弧形修建，样式各不相同，有的拱顶用数根条石并列砌筑，有的顶部外拱形内平铺，踏步均由溪中卵石铺设。城堡中的民居皆依山而建，呈阶梯状分布。

古堡位于峃口沿江路边，每次经过那里，我总会多看上几眼。我也曾到城堡内探访过几次，先前去时，城墙、城门与石阶还保留着古色与纯朴的样子。后来经过翻修，城墙、城门、路面都焕然一新，但已失去了原有的色彩与朴实之感。起初，我对这种翻修颇是不解，久了便坦然起来。比起拆除，古建筑能够保存下来就算幸运，对它的外貌也就不再苛求。

旧时，峃口不仅是文成县的东南门户，也是水路交通要道，早期文成至瑞安方向的行船都会汇聚在此。由于水上运输发达，峃口码头、渡口密集，辖有吴垟岭根渡口、百谷山渡口、垟岙渡口、龙车渡口、

峃口古城门

九溪渡口、峃口渡口、鱼局渡口等。当年两岸绝大多数村民都会拉排渡水，水上交通繁忙。

峃口渡位于峃口村泗溪河与飞云江交叉口，渡口两岸是峃口村和新桥村。

峃口渡建于清嘉庆年间，具体年代不详。我曾在立于道光十二年（1832）八月的峃口渡碑记上看到一段文字："原夫东南，素称泽国。大海绕其外，长江贯其中……如我峃口渡者，系在大海长江之内，上通泰邑，下抵漳安。虽属小溪，外连大港……有时若洪水横流，自外而至者其势狂，自内而壅者其流急……所以利乎舟楫也。况渡之设……于是邀谐信善，捐其微资……"碑文洋洋洒洒书写着峃口渡之历史。

峃口是去大峃的必经之路。峃口渡也是飞云江上重要的渡口之一。过去，瑞安、泰顺、大峃来往货运船筏均以此为中心，此处商贾云集、市面繁荣。峃口沿村逐渐形成一条街道。1931 年的调查显示："峃口街街长五十五丈，房屋一百十五间。"这些房主除经营商业者外，其余多数是临时客户。

当时飞云江来往船只众多，多数是一种叫大峃艇的小船，因往来于温州、瑞安及大峃，因此叫大峃艇。此船多用来载客，还有用来载货的竹排。船只来来往往，江面上非常热闹，我曾从林兆丰的《记忆中的瑞安》一文中看到，当时大峃属瑞安管辖。作者写道，战时，有日舰搁浅在瑞安屿头江面，他与家人到大峃避难，乘坐的就是大峃艇，在前往大峃时，曾夜泊峃口。作者在文中详细描述了船泊峃口的场景。

他写道："峃口这地方具有典型峡谷地貌，左岸山峦上长有竹林和挺拔的松、杉，临江峭壁上长满蕨类植物和苔藓；右岸谷坡比较平缓，河床露出一片鹅卵石滩，上方有一片狭长阶地，阶地上方也是葱茏陡峭的山林。随着天空放亮，岚雾弥漫的江面开始闪烁着粼粼的波光……船在谷底，人在青山绿水间，突然一声高昂拖着长尾音的喊话，回音延续震荡着人的耳膜，只能用'空谷回音'来描述，有一种粗犷剽悍的气势。这是当地撑排工人问是否需要雇用竹排的喊声。"

在作者的描述里，抗战时期的峃口江面变得富有生机与鲜活起来。我也曾听人描述过，先前峃口两岸的河床是大片的鹅卵石滩。卵石经长期水流冲刷，质地坚硬，光滑细腻，有的纹理线条流畅，如玉石一般。不知何时，河床上那些卵石便不见了，如今只剩下一股清流在江面奔淌。

峃口渡原置有木质人力船一只、专职渡工一名。渡工主要负责日常摆渡和管理工作。因四季水流不同，在秋冬干旱期，峃口渡水面不宽，水位较浅，水流平稳，渡工就用两根粗麻绳和尼龙绳一端分别缚在渡船两头，另一端固定在两岸的石墩或木桩上，让行人自行拉绳摆渡。无人来往时，渡船则处于"野渡无人舟自横"的状态。但到了春夏多雨或雷阵雨爆发时，水位暴涨，水流湍急，这时，渡工便凭着熟练的技能跟凶猛的水流搏斗，确保来往人员安全。

20世纪80年代，峃口学校的学生大部分来自隔溪的新桥和龙车，每天有数百人经过此渡口。每当水位暴涨时，奔腾的江水让人望而生畏，两岸接送学生的家长与老师个个提心吊胆。每次渡工都要凭着娴熟的技能进行摆渡，有时他们要先沿溪边逆流而上，选择有利条件，迅速将船撑到溪中，趁水势而下再竭力划向岸边，才能将学生安全送往对岸。每次摆渡，旁边人都看得心惊胆战。

那时，人们迫切想要在江面上建座桥。1965年，人们梦寐以求的峃口大桥动工兴建。此桥是文成第一大桥，建成后，是温州市区、瑞安、平阳、泰顺等地通往文成县城的主要交通要道。

记得我初次由北方来文成，经过那座桥时，印象便颇深。那时是

细数浮生万千绪

雪中的飞云江

雨雾中的飞云江

冬季，北方一片萧瑟，进入文成，山野变得明丽起来。尤其车子沿着飞云江前行，突然拐上一座大桥，两岸青山如画，江水澄碧，如在梦中一般。车子穿过峃口那条隧道时，我还频频回首。就像一只初来乍到的猴子，到了一片新天地，眼睛不够用一般。

此后，每次经过那座大桥，总能看到不同的风景。雨时，山谷中薄雾迷蒙，江面被雾气笼罩，房屋、树木、桥梁与撑船人在雾中若隐若现，如水墨画一般。下雪时，两岸虽没有被大雪封住，但江面、房屋与青山在雪的装饰下，也变得梦幻起来。无论是朝霞、蓝天、白云，还是晚霞、月光、乌云，与江面总会构成不同的色调与风光，遇到怦然心动的场景，人们也会用镜头留下一些画面。

为便于行人通行，1983 年，在原峃口渡上，又建了一座龙凤桥。此桥是峃口村通往新桥村的大桥。龙凤桥的建成，沟通了泗溪两岸，之后不管泗溪河水流如何汹涌，行人过桥时都不再担惊受怕。随着双桥的建成，峃口渡遂废。

飞云江沿途渡口众多，我无法一一访遍。但每走过一个，都会有所发现：每一个渡口都有自己的过往与故事。在历史的长河里，这些渡口曾作为飞云江上的交通要津，发挥了重要作用。后随着公路的建设，渡口作用日渐削弱，且大多已撤销，余下的渡口所起的作用也很有限了。

但回首过去，几百年来，不知有多少人通过渡口走向他处。若细数每一个渡口与其过往，又会难以停下。渡口不仅是停靠的港湾，也是摆渡的地方，摆渡人摆渡的不是过渡人，而是人生。我们又何尝不是呢？我们也会在不同的人生阶段，去不同的渡口摆渡自己。就像在前面有关渡口的文章里所说的，在时光的渡口里，我们都不过是时间的过客！

白落地带来的小确幸

　　和许多人一样，我也觉得《诗经》是一部很美的作品，喜欢里面如风的诗句和如乐的节奏，以及诗中人物带着淡淡忧愁的微妙心理。诗中，人们常用各种植物来寄托自己的情感，里面的一草一木、一花一树不再是一群不起眼的简单生物，萱草、木槿、蒌蒿、荇菜、卷耳、飞蓬、白茅都带着美好的意象。

　　文成也有许多植物，它们或多或少带着一些意象，给人带来一些意外的小惊喜。许多初来文成的人，就常被一种植物惊艳到。无论在景区、民宿或酒楼，一落座，服务员先是给你端上一壶茶，壶中的植物，连根带叶地泡，整株植物直立水中，清澈碧绿、栩栩如生，白色的气根在水中似水袖一般，跟着藤叶飞舞。看着它，仿佛看着一株水培植物，让人无法移开视线。

　　倘若将植物放入杯中，透明的杯子里，几枝碧绿的枝叶漂浮水中，再配以枸杞，红的果与绿的叶在水中上下浮动，摇曳生辉，随着水汽，植物在水中袅袅娜娜，像一幅画，待茶冷却，仍不忍入口。

　　但茶终究是要喝的。入口，茶水带着一缕淡淡的清香，这种香不同于茶叶及其他花茶的气味，而是一种淡淡的青草气息。初喝时有些不太习惯，微涩，有人甚至能喝出泥土的味道。喝完，才觉得神清气爽，青草的气息在唇齿间弥漫。茶的色彩、姿态、气味常令人拍

白落地茶

手叫绝，简直无法用语言形容。许多人觉得，植物在水中像活的一样，甚至不能用画来形容，它的美已超出茶给人的印象，它更像一首诗，如梦如幻。

初次品尝的客人，对这种茶总是感到好奇，饮后便不停地追问植物的名称。觉得这样的植物，怎么都该有个诗意的称呼。乍听到"白落地"三字，颇是惊诧，他们不解，这么美的植物，为何叫这样的名字？就像一位长得非常美丽的姑娘，起了个"灰锁"的名字一样，多少有些令人失望。

于是，便有人解释，这种植物是因白色的气根落地生长，所以得了这么个名字。温州人也管它叫"落地金钱"，因为它的叶子圆圆的，铜钱大小，贴地而生，便得了此名。这些解释似乎都配不上它给人们带来的惊艳。几经解释后，当地人只好搬出它那长长的大名——铜锤玉带草。

　　白落地像根丝带一样生长，叫玉带草也就罢了，其名温婉宜人，可加上铜锤二字，就像女扮男装的花木兰出场一样，瞬间带着一股英雄气概，名字与它在水中袅娜的身姿显然有些反差。自然，若称呼这种带着霸气的名字，又要费上一番口舌解释。加上铜锤玉带草的称呼过于烦琐，已叫惯了白落地的当地人，更倾向于按旧称呼继续叫它了。白落地，白落地，多叫几遍，便也朗朗上口，越叫越有种亲切感。某年的某日，几位福建的文友来文成，席间看到这种植物，欢喜得要命，其中一位姓白的朋友与一位姑娘争着要用白落地作笔名，边争边感叹："多好的名字啊！"

　　白落地作为一种多年生草本植物，长得并不起眼，常生于田边、路旁以及丘陵、低山草坡或疏林中的潮湿地。生长时，它纤细的身体平卧地表，匍匐向前，每向前一步，白色气根便扎于土中，叶片也紧贴地面匍匐前进。它的生长速度非常快，不久，圆形或心状卵圆形的叶片便铺满地表，密密麻麻，乍一看，像铺在水面的浮萍。因此，白落地也有地浮萍的称号。

白落地藤

每年春末夏初，是白落地开花的季节，它的花很小，淡紫色的花很不起眼，像梦幻王国里的小星星一样，不细看，以为是藤叶上长出带着颜色的小绒毛。因此，它的花经常被人忽视。花开过，会长出翠绿色的小浆果，果实并不大，大小介于樱桃与蓝梅之间，不久浆果变成了紫红色，立于带状的藤叶之上，像一把把举起的小锤子，这大概就是铜锤玉带草名字的来历。

民间常说，十草九药。白落地也一样，具有祛风除湿、活血及解毒的功效。因此，人们会特意在田间地头或园子里种上一些，以便采来食用。

白落地不仅可以泡茶，还可以用来做菜。白落地温蛋或白落地炒蛋，就是文成当地的特色菜肴，文成大大小小的饭馆、酒店的菜谱上都有这道菜。无论用白落地做汤还是炒蛋，烧好后，鸡蛋的嫩黄，与白落地叶子的翠绿，以及枸杞点缀的红色，形成鲜明的对比。艳丽的色彩，总让人觉得这道菜像油画一样，充满了春天的气息。吃起来，温润爽口，既有野菜的味道，又有白落地专属的清香。白落地因有清热去火的效果，用其制作的菜肴便很受欢迎，尤其与土鸡蛋同煎，更是鲜香养生。即便在刘伯温家宴上，白落地温蛋也是一道十分令人惊艳的菜肴。

老家的园子里也种了一些，我也时常采来泡茶或做汤。每次看它，觉得比吃它更是一种情趣，总是变着花样地折腾。于是，吃它与看它，都变得矫情起来。而那些来文成的游客，若能在文成喝到这种茶或吃到这道菜，特殊的色泽与口感，总是令他们特别难忘。时常会听到他们的评价：文成虽小，但小城有小城的节奏，而且这儿的人很会生活，单从白落地来看，他们已将生活过成了诗。谁说不是呢，偶尔，在品味白落地的时候，谁说它没有给人带来一种小确幸呢！

小鱼曰鱼婢，腐婢什么鬼

　　看到"腐婢"二字的时候，可能会有人以为，嗯，腐婢，婢女的一种。初始，我也有这样的想法，待弄清腐婢是一种植物的名称时，顿时笑个不止。

　　植物的名字千奇百怪，俗名更是五花八门，大多根据植物形态、颜色、特征来命名，也有以植物性味、生长季节、生长规律来命名，甚至有以地名及传说来命名。有的名字非常直观，能从名字联想到

腐婢

外形；有的只可意会，不可言传；有的却十分狂野，就像野草的特性，你都不知它由何而来。

腐婢，单看名字，你也不知道这称呼由哪儿来？如果从"婢"的释意来看，结合《尔雅·释鱼》里的"小鱼曰鱼婢"，似乎又能理解了。细想，仍觉得风马牛不相及。"腐婢"又是什么鬼，想来只能和豆腐联系到一起了。

后在《本草纲目》中看到记载："弘景曰：未解何故有腐婢之名？"《别录》则记载："今海边有小树，状如栀子，茎条多曲，气似腐臭。土人呼为腐婢，疗疟有效。以酒渍皮服，疗心腹疾。"自此，我便不再纠结于"腐婢"一名了。

但它的确与豆腐有着某种近亲关系。在认识腐婢之前，我先认识了由它制作的绿豆腐（柴豆腐），在菜场第一次见它，像翡翠一样，碧绿中透着晶莹，感觉十分诱人。买回来却不知如何下手，吃了一两次之后，竟上了瘾。之后，我便研究起它的制作方法与材料来。

腐婢为多年生落叶灌木，叶片卵形或椭圆形，叶有果胶香味。它的名字有很多，根据特性又叫豆腐柴、神仙搓、六月冻、观音柴、满山香等。文成的山上，很容易见到腐婢的身影，也有人将它种在田间地头，或园子里。

炎炎夏日，在烈日的炙烤下，它会散发出阵阵幽香。入夏，腐婢开出一些淡黄色的小花。花儿像小星星一样，点缀在枝叶间。开花后，会长出绿豆般大小的卵状核果球，不久果实变成紫色。我之所以对这种植物怀着好奇，不是惊奇于它的相貌，而是它本身的不起眼与叶中果胶的神奇之处。

腐婢与众多的小灌木一样，生长在不起眼之处，没有人想要把它引到庭院里来，亦没有人将它作为观赏植物。然而，就是这么一种普通得不能再普通的灌木，采得它的叶子，搓把搓把，调兑调兑，就是一种清凉爽口的食物。

　　我家园子边就有一株腐婢，是隔壁的老先生种的，他常砍了它，将它与某种食物一起煎汤。他不动它时，它便长在一堆雏菊丛中极不起眼。然而，每次嗅着它那特有的幽香，看着它那郁郁葱葱的叶片，想着它可制作芳香清凉、细腻松软、翡翠似的豆腐，便觉得它很神奇。世间众多的植物，各有各的特色，炎炎夏季，偏偏有这么一种植物可以制作防暑降温的佳品来。

　　腐婢之所以可制作豆腐，是因其叶中果胶含量较高。数据显示：腐婢中提取的果胶酯化度可达到73%—78%，胶凝度在160—200级，它是当前可提取果胶生物资源中含量较高的一种植物。因此，在食品工业中，它是制造果酱、果冻、酸奶、糖果、冰激淋等不可缺少的稳定剂。正是知道它的特殊功能，人们便采其叶制作鲜美可口的豆腐。文成人称其为柴豆腐。

　　柴豆腐的制作方法很特别，首先要采摘腐婢新鲜的嫩叶，洗净后倒入清水里，用手揉搓成糊状，再用干净纱布过滤掉叶渣；然后取草木灰适量，用水调和均匀，过滤出水；再将灰水以1∶5的比例慢慢倒进叶汁中，边倒边用筷子搅动，待叶汁渐渐变稠凝固，豆腐即做成了。

　　腐婢的叶、茎、根均具有药性，有清凉解热、消肿止痛等功效。用腐婢制作的柴豆腐不仅色泽鲜绿、口感滑爽、营养丰富，而且也还具有清热泻火、祛风除湿、解暑之功效。有人还采来根茎煎煮，用于无名肿毒的治疗。就像我家隔壁的老先生，用它煎汤，大概便是为了此功效。腐婢从叶至根，全可食用。

　　在文成，人们总有新鲜的花样，制作柴豆腐的工序也不同于别处，所加的凝固剂并非草木灰，而是牙膏。据说牙膏里含有碳酸钙，同草木灰一样，都能起到凝固作用。那些制作柴豆腐的能工巧匠们，尤爱使用中华牙膏。之所以选用中华牙膏，说它不仅味道好，还有加快凝固的作用，尤其此牙膏中所含的碳酸钙成分恰到好处。按此

绿豆腐

方法制作的柴豆腐味道也不同，所以，在文成，每次吃柴豆腐的时候，人们总能吃到一股中华牙膏的味道。也有人不喜这种味道，仍沿用传统方法即加入草木灰让其凝固。还有人说也可用碳酸钙钙片制作，我试了几次，没有成功：不是凝固不了，就是不成形状。

柴豆腐的吃法有很多：可煮汤、凉拌，可热炒、调羹。文成人喜欢将柴豆腐凉拌或煮汤。夏季，经常会在家里餐桌上或酒店宴席上见到凉拌柴豆腐和柴豆腐汤。

凉拌柴豆腐根据口味不同也有不同吃法，一种是将柴豆腐切成小块，撒上一层白糖食用，吃起来十分清香，有一种青草的气息。一种是将豆腐切成小块，采几片新鲜的薄荷叶，挤出汁后将叶片揉碎同白糖一起撒在豆腐上食用。这种吃法十分清凉，有着薄荷的凉爽气息。还有一种是将豆腐和西瓜切成小块，撒上白糖食用，若有蓝莓，放入几粒，更是别有一番滋味。这种吃法很清新，青草的香与西瓜、蓝莓的甜在你的嘴里会别有风味，倘若冰镇了吃会更好。

除了凉拌，我也尝试过另一种吃法，就是把它做成冰镇食品。和前三种方法一样，先将豆腐切成小块，放在沸水里煮至漂浮，盛入容器时放入一匙冰糖和几片新鲜的薄荷叶，搅拌均匀后将其放进冰箱里冰镇，一两个小时后取出食用，瞬间那种青草的香气与薄荷的清凉沁人心脾，直捣肺腑，食后令人神清气爽。

炎炎夏季，若清爽能从每一个毛孔渗进肌肤，就会觉得身体里每一个细胞都通透起来，有时候，简单的东西也能带来幸福。比如腐婢，在你甚至都想不通它为什么叫这个名字的时候，它却给你带来了舌尖上的享受。

炎热的夏季，倘若你来文成，倘若你是第一次来，倘若有人在餐间给你来了份冰镇柴豆腐，间或再加点儿可口的水果，你定会对这种食物念念不忘。

有年夏天，有亲属由北京来，我便做了各种柴豆腐给她们品尝。回去后，她们便对这种食品念念不忘。一次去北京，我便带上腐婢的叶子和中华牙膏，想要做些柴豆腐给她们解馋。为了让她们吃得方便，甚至还带去一株腐婢的幼苗。奇怪的是，试了多种方法，换了多种水和牙膏，均以失败告终。最后得出的结论，北方的水碱性高，不适合做柴豆腐。

尽管没做成功，但我母亲还是将那棵幼苗种在窗外的花盆里。大概是我带过去的缘故，她照顾得很精心，腐婢长得很好，叶子又密又大，中午有太阳的时候，不时散发着腐婢特有的清香。虽然吃不成，但每次看到它，她都很欢喜，时常在视频里让我看它茂盛的样子。可惜，到了冬天，一场雪下来，它便被冻死了。

南方的植物到底不适合种在北方。但南方人到了北方，或北方人到了南方，却适应得很快！人到底是个奇特的物种！

来如急电，去如惊鸿

　　木槿花是一种食用花卉，在文成，人们喜欢用白色木槿花煲汤、做粥、炖肉，味道十分鲜美可口。但是文成人并不叫这种花为木槿花，而是俗称其为千年蒌花。

　　不管叫什么，文成人吃木槿花，好像是一种习俗，到了季节，就

白木槿

开始吃它。木槿花早在《诗经》里就有记载。其中《郑风·有女同车》里就有这样的描述：

有女同车，颜如舜华。将翱将翔，佩玉琼琚。彼美孟姜，洵美且都。
有女同行，颜如舜英。将翱将翔，佩玉将将。彼美孟姜，德音不忘。

这是一首恋歌，主要描写与男子共同乘车的姑娘，诗歌从容颜、体态、举止、佩饰、声誉等多个角度来表现其美。

诗的意境也很美。诗中的"舜华""舜英"皆指木槿花。诗句借用木槿花的美丽来形容那位叫孟姜的姑娘的美貌，诗句还借用一连串的描写，来表达作者对那位美丽姑娘的爱慕和久久难忘的感情。

木槿，又名木棉、荆条等，是一种庭院常见的灌木花种，亦可做园林花篱式绿篱、孤植、丛植。其种子入药，称"朝天子"。木槿不仅在中国受到喜爱，亦是韩国的国花，在北美洲又有"沙漠玫瑰"的别称。

木槿何以如此受宠？因为它"不学桃花开，乱向春风落"的品性，又因它"开花向秋前，不与春争艳"的美丽。木槿的开花期在6—10月间，花有单瓣和复瓣两类，花色有玫红、粉红、蓝紫、白色等，可谓多彩多姿。

虽然木槿的花很漂亮，花期也很长，但是每朵花的寿命却很短，朝开暮落，因此，便又有朝开暮落花之称。

许多诗人咏其美丽的同时，也感叹它的花期短，白居易就喟叹说"中庭有槿花，荣落共一晨。"崔道融咏曰："槿花不见夕，一日一回新。"金朋说咏曰："夜合朝开秋露新，幽庭雅称画屏清。"李白咏曰："芬荣何夭促，零落在瞬息。"杨万里更是一边咏叹它的"夹路疏篱锦作堆，朝开暮落复朝开"，一边又怜惜它"来如急电无因驻，去如惊鸿不可收"。

白木槿花

物以稀为贵，正因为木槿花开花时间短暂，人们更加珍惜它的开花时间，便赋予它"温柔的坚持"与"坚韧，永恒美丽"的花语，说它身上有一种厚积薄发的力量，每一次凋谢都是为了下一次更绚烂地开放。它的朝开夕落就像太阳不断地升起又落下，又像春去秋来四季轮转，生生不息。又因其生命力强，也象征着历经磨难而矢志弥坚的性格，象征着红火，象征着念旧与重情义。

因此，在这众多美好的象征里，木槿花便被赋予了众多美好的特质。倘若你是位男士，倘若你也读了《郑风·有女同车》，是否也会把它想象成美丽的姑娘？倘若要出游，是否也期望有位"颜如舜华"的姑娘与你并肩同车而行呢？然而现实里，那些美好的东西往往如木槿花一样朝开暮落，在感叹美好事物瞬间即逝的时候，也只能"庄生贵支离，悲木槿"。

然而，木槿并不是只让我们向往它的美丽与那些你侬我侬的东西，它还具有药用价值。它的花、果、根、叶和皮均可入药，具有防治病毒性疾病和降低胆固醇的作用。木槿花内服亦可治疗反胃、痢疾等多种疾病，外敷亦可治疗疮疖肿。

除此之外，木槿花食用价值极高，其含有人体所需的蛋白质、粗纤维、维生素 C 等物质。它的花蕾，食之口感清脆；花朵，食之更是滑爽细腻。

在文成，人们喜食木槿花。说木槿花，不仅味甘性凉，食之亦可清热、利湿、凉血、排毒、养颜。因此，文成的许多地方都种有木槿花，有的在庭院，有的在路边，有的在田间，还有的种在楼顶。每逢木槿花开时节，便经常看到人们采摘木槿花的身影。三三两两的姑娘、小媳妇在花间采啊采，姑娘与花互相辉映，就像一幅画，十分生动。之后，将采得的木槿花或干煸，或油炸，或煲汤，或做粥，无论做什么，待端上桌，味道都十分鲜美可口。倘若你在木槿花开的时节待在文成，多半会吃到它。

某天，在稽垟，我站在宝华寺后院的木槿树前拍它的时候，透过树叶的缝隙看那轮"满月"，不禁又忆起"有女同车，颜如舜华"里的美好与念念不忘的爱慕来。

可是，至今我不明白的是，在文成，人们为什么不叫这种朝开暮落的花为木槿花，却众口一词称它为千年篱花。千年篱花一词由何而来？或许这个称呼更具代表性与象征性，更能代表它生命力旺盛，象征着它历尽磨难而矢志弥坚的性格，以及它的美丽、坚韧与永恒！

书香之气的东方美

许多人喜欢兰花，一喜它的高雅，二喜它的寓意，觉得兰花的内敛气质很像一个知识分子，令人敬仰与尊重。

兰花的叶终年鲜绿，姿态优美，即使不是花期，也像是一件活的艺术品。

明代张羽就曾写过一首《咏兰叶》："泣露光偏乱，含风影自斜。俗人那解此，看叶胜看花。"从诗中可感受到诗人对兰叶的赞美，兰叶修长、秀绿，风姿秀丽，好似卓然而立的谦谦君子，不能像俗人那样一定要看到兰花盛开才道兰花好。

文成有一种植物，叶片纤细婀娜，颇似兰，在一些景区、民宿与酒店中，时常会看到它被捆成一束，用来泡茶。它那细细的、鲜绿色的叶片，配上枸杞，在透明的玻璃杯中舒展，不像是茶，倒像一件艺术品。

第一次饮用此茶的时候，我很好奇，问道："什么茶？"便有人告诉我："麦冬。"那时，我对麦冬一无所知，只对此茶感到新奇。麦冬茶有一种青草的气息，初喝，有一种羊吃草的感觉。

某年秋季，我在深山峡谷拍照，在水边发现一丛郁郁葱葱的植物，其叶纤细秀气，酷似兰花，就连气质也相似，质朴文静、淡雅高洁。我以为得到了极品，欣欣然将其挖回种植。

某日一时兴起，告之一位兰花大师，深山挖得一兰，请其鉴赏。此君以为我在深山得一奇物，欣欣然而来，观后笑曰："此乃沿阶草，并非兰花，看来你还不识兰。"

听后，我如皮球被戳破，顿时泄气。虽然我对此草一无所知，因其叶子气质高雅、纤细文静，符合个人审美标准，仍将其留于园中。

种了一年后，发现它的优点，不妖不冶，四季常青，几乎不用打理，经年旺盛。第二年春天，旧草的边缘又冒出了许多新绿，那些绿由淡绿变深绿，之后越长越旺，越长越绿，叶子虽与兰花有着细微差别，竟也十分典雅，观之令人欢喜。

一直，我以为此草只是观叶植物而已。不久，从那些绿中抽出几株白色的穗状物，起初，不知何物，直到穗状物越抽越长，亭亭玉立时，才看出那是草的花序。

随着草的生长，白色的花序随之拉长。后发现，那些白色如米粒

盛开的麦冬

般大小的东西皆为花蕾。之后，花蕾由白转紫，继而开出淡雅的小花来。花为六瓣，极其娇小的花芯里包裹着黄色的花蕊，凑近，亦能闻到一股宜人的清香。

此花如许多花一样，昼开夜合。一到晚上，盛开的花便合上花瓣，第二天清晨又舒枝展叶地陆续开放。直到此时，我才惊喜起来，此前，未曾仔细看它，并不觉得惹眼。只觉得它的花序犹如红蓼，只是花序稀疏，没有红蓼的密实。倘若不是后来仔细地看它，根本不能发现花序里的那些紫与黄来，甚至不能发现花序间那小小的姿态来。

我开始好奇，追询后有人告之，沿阶草即麦冬。因此草沿石阶生长，且繁衍极快，民间多以沿阶草称呼它。也有人说不是，只怪两者长得太像，就和很多兰花一样，若非研究，难分彼此！

麦冬品种众多，《本草拾遗》载："麦门冬，出江宁，小润；出新安，大白。其大者苗如鹿葱，小者如韭菜。大小有四种，功用相似，其子圆碧。"依我所见，麦冬大致分为三种，分别为阔叶麦冬、细叶麦冬、花叶麦冬。

阔叶麦冬即宽叶麦冬。我从峡谷挖回的即为阔叶麦冬，叶子稍宽。细叶麦冬，叶细且长，形如韭菜，颜色也比阔叶麦冬深。因其叶更为纤细，文雅秀气，具有书香之气质，所以细叶麦冬还有书带草的雅号。花叶麦冬因为叶子边缘有一圈金银边而得名，正因那一圈花边，也有人叫它金叶麦冬。根据产地，麦冬还有浙麦冬、川麦冬之分，外形大同小异。

之后留意起来，发现文成很多地方都生有麦冬，山间、林带、田间、沟渠，近几年，公园、校区、景观绿化带里也常看到麦冬的身影。

人们喜欢某物，常因为物品的外观与特点。麦冬也不例外，主要有两大特点受人青睐：一是四季常青的秀叶、夏季的花、秋天的果均有观赏价值。二是药用价值。麦冬呈纺锤形的肉质块根，具有滋补、强身、止咳、化痰、清火、助消化等功用。因其全身都具有药用价值，麦冬全草可入药。

《神农本草经》记载："麦冬主心腹结气，伤中伤饱，胃络脉绝，羸瘦短气。"《日华子本草》则记载："治五劳七伤，安魂定魄，时疾热狂，头痛，止嗽。"

因麦冬含有多种维生素，食之具有"美颜色，悦肌肤"之功效，将麦冬与大米、红枣一起煮粥食用，可滋阴润肤。将麦冬与百合一起煲汤，两者一个润肺降气，一个滋阴养胃，一起食用可起到滋燥敛火的食疗效果。而各种各样的麦冬茶也深受大家喜爱，饭前饮用养脾胃，饭后饮用助消食。

文成人食法总有些不同，除上述吃法外，文成人还喜欢用新鲜的细叶麦冬草沏茶喝。方法是将新鲜的草叶洗净捆成一束与枸杞一同置入透明的玻璃杯中，加入热水，少顷，即可饮用。这种茶色彩艳丽，

新鲜的麦冬茶

口感清新，饮用既可止咳，又可清火。

　　尽管此前，我曾不止一次饮用过麦冬茶，因未一睹庐山真面目，加上麦冬品种众多，即便养了一年，也未能认出。

　　后因探寻，我对它特别关注，看着这纤纤秀草，感受着它淡雅、文静、含蓄的气质。而它也如兰花一样，带着无限的情趣，带着书香之气的东方美，给我带来了前所未有的新意。

匍匐的生命

我们常常被某种生物所吸引，被吸引的瞬间，并不管那种生物为何物，无关它为哪个界、门、纲、目、科、属。总之，那个瞬间，我们被吸引了。它或为动物，或为植物；或为藻类，或为蕨类。被吸引的瞬间，就像中了邪一样，我们某根兴奋的神经会被莫名地挑

岩石上佛甲草

起，然后就被它身上的某个元素所吸引。吸引我们的或者是它的颜色，或者是它的个性，或者是它的气味，或者是它的功能，或者是它的形象和姿态。倘若世间有千百种喜欢，就有千百种吸引。

那天，我坐在山溪边休息，突然看到岩石上生长着一片片茂密的植物，就忍不住凑到跟前去观察它们。那些茎叶肥厚的植物生长在水边的石头上，郁郁葱葱，整齐美观。它们的叶片或针形，或卵形，或线状长圆形，互相对生，极富生机。那些叶片在春日阳光的照射下，宛如碧绿的翡翠，偶尔有几株叶片上点缀着红晕，便显得柔情万千。

虽然它们极不起眼，细看之后，会发现这些极不起眼的草竟也淡雅秀丽。它们优雅自在地生存，那种优雅活像一朵朵盛开的水莲花，或上升或直立，迤逦而生，然后绕过岩石匍匐前行。

我被这种植物前行的姿态所吸引。它们紧贴着岩石生长，它们生长的姿态就是行走的姿态，那匍匐前行的姿态是那么低调。我想象着匍匐的姿势，那是一种以腹部贴地、向前缓慢爬行的前进姿势。

前进的方式有多种，或走，或跑，或跳。如果让我们选择行走方式，忙的时候，我们多半会选择轻快的步伐，或大步流星，或健步如飞；闲的时候，我们多半会选择闲逛的方式，或溜溜达达，或闲云漫步。倘若我们没有卧倒的必要，即便因着某种原因步履艰难，我们也决不会匍匐着前进。那种像虫、蛇、龟一样以腹部贴地缓慢爬行的姿势，绝不是我们愿意选择的。因为，我们的骨子里认为但凡有点儿骨气，都会觉得那是一种低级的前进方式，那样的姿势不仅会磨破我们细白的肚皮，还会折断我们僵硬的头颈。

可是，这种我叫不上名字的植物却以这种匍匐前进的方式生长。我看着它，就只能想到匍匐的生命。

我从这种植物的身上联想着，匍匐前进方式难道真是低级的吗？或许未必。站得高或低，都有各自的角度。倘若我们站得高，就可

苔藓中的佛甲草

以看得远，才可以俯视低处；倘若我们站得低，就可以看得清，才可以仰望高处。

俯视会比仰望优越吗？未必。当我们俯视的时候，因看得远，往往也会目空一切，被一叶障目的时候，往往会错过许多不该错过的风景。当我们仰望的时候，因高昂着头，会觉得自己低下和卑微，但真的低下和卑微吗？也未必。人只有对某物、某人或某事怀有敬慕、敬仰之心，才会产生向往之情，才会为着某种目标而追求，而奋斗。

我们是目空一切的时候收获多呢，还是怀着敬仰之心的时候收获多呢？既然仰望并不比俯视的收获少，那么，我们为什么一定要站在高处去俯视一切呢？当然，我们也可以在不同的时间、不同的地点，站在不同的高度去观察一切。那么，我们不是也可以交换视角吗，为什么又会有那么多人一定要站在高处、去俯视一切呢？

产生这个疑问的时候，我开始关注那些水边长得极不起眼的植物。翻遍书架上所有关于植物的书后，我终于找到了它的名字——佛甲草。

　　佛甲草，又名万年草、半支莲等，为景天科景天属多年生草本植物。其形态或长、或尖、或圆，类似人的指甲，因此便有了佛甲草的称呼。其含水量极高，是一种多浆类植物，它的叶、茎表皮的角质层都具有防止水分蒸发的超常特性，即使在夏季干旱的屋顶上也无须浇水，其耐旱时间可长达一个月。有一定的观赏性，既可作为盆栽欣赏，也可作为露天观赏植物被栽植，还可将其用于屋顶绿化。此草还有一定的药用价值，它具有清热、消肿、解毒的效果，可治疗咽喉肿痛、烫伤、蛇咬伤等。在文成，只要能吃的植物，无论是煮还是煎，人们总是变着法儿地吃它。

　　在了解这种植物的特性之后，我对它更加关注。之后才发现，实际我的"百草园"中早已养了不同品种的佛甲草，我所养的佛甲草也不尽相同，它们的叶片有的如玫瑰，有的似莲花，有的像丝竹，个个清新俏丽，盛放的时候，枝头会开满金黄色的小花，那些花在草叶间闪烁，繁星一般，十分耀眼。只是长久以来我只管养它，却不

石上的景天植物

知此君是谁。直到在山间发现其中一个品种的时候，才忽然意识到，我喜欢这种匍匐的生命，同时我也发现它身上具有一种坚韧的、坚强的品质，无论你怎样折腾它，它们都能死而复生，生命之顽强，堪称奇迹。佛甲草身上还具有一种低调的美，那种美是自然的、纯粹的，就像人类的文明底线，不容亵渎。

　　但有时候，越是感觉不能亵渎的东西，人越是亵渎它，因为人们喜欢吃它。就像吃其他东西一样，将它与其他食物合在一起，蒸它，煮它，煎它，炖它，变着法儿地吃。

植物中的黄金草

隔壁邻居是位退休的老先生，一次，我在楼顶上与他相遇，老先生低着头正在吃草，像羊吃草似的吃得津津有味，浑然未觉身边有人。我也经常吃草，但老先生吃的是一种暗黄绿色的茎状多节植物，像节肢动物一样，我之前从未吃过，便惊奇地问他："您这吃的是什么啊？"

老先生哆嗦了一下，显然被我吓到了，随即答道："铁皮石斛。"还随手递了一根过来："你要不要吃吃看？"

我假装客气，拼命地摇头说："不了不了，下次再吃。"其实呢，是因为此前从未吃过，心想这像节肢动物一样的玩意儿如何能吃？生活中就是这样，有些东西如果我们没有尝试过，就不敢贸然去试。当着他人的面，贸然尝试某些东西，倘若口味不合，难以下咽，吞吐都是件尴尬的事。

再倘若过敏、中毒呢？都很难堪。而且现代文明熏陶下的我们，习惯了煮熟吃，生吃会让人不解。比如，许多人喜欢生吃蔬菜，那些不生吃的人，见了不免惊讶，觉得什么都生吃的人，如野人一般。小时候我就常被邻居的婶婶喊作野人，因为每次她拔了葱，我都要前去帮忙，边剥边吃，等剥好，葱被我吃得差不多了，她便恼火地喊我："野人，野人。"此刻，我看邻居老先生也是如此。

铁皮石斛，属兰科多年生附生草本植物。主要分布于浙江、福建等地。其茎入药，有益胃生津、滋阴清热的功效。早闻铁皮石斛十分珍贵，国际市场上野生铁皮石斛制作的铁皮枫斗每千克售价高达5000美元，堪称植物黄金。然而，在看到隔壁老先生吃它之前，我对这植物还很陌生。

某日，老先生去外地度假，走前托付我闲时帮忙照看他那几盆铁皮石斛。我一口应允。老先生前脚一走，后脚我就观察起他的植物来。或许因为铁皮石斛的珍贵价值，老先生将其种在花盆里，放得很隐蔽，藏在楼上棚子里的一个犄角旮旯。铁皮石斛喜阴，那地方倒也适合它。

在那犄角里，它们生长得很好，暗黄绿色的茎上互生着披针形的小叶子，叶子长圆翠绿；圆柱形的茎多节、不分枝，向上直立着生长，老一些的茎，颜色稍暗，上面分布着条状纹路。此时正值石斛开花的季节，那些老茎的顶端盛开着几朵黄绿色的花朵，花瓣狭长，黄绿色的唇瓣上布有红褐色的斑纹。它们的姿态、颜色与春兰、建兰等常见的兰花花朵十分相似，简约中有着兰花独有的淡泊与优雅，区别在于，它没有兰花的香味。

自此，我开始留意起铁皮石斛来。石斛的种类有很多，《药典》记载，石斛在全世界共有一千多种，中国就有七十多种，但是其中真正有药用价值的只有五种。铁皮石斛由于具有独到的药用价值，在民间被称为救命仙草，一千多年前的道家医学经典《道藏》就将铁皮石斛列为中华九大仙草之首。如今，我们在药店常看到的是由铁皮石斛制作的铁皮枫斗。

铁皮枫斗是将新鲜的铁皮石斛的茎秆边烘边扭，做成螺旋形或弹簧形的干品。这些干品是由正宗野生铁皮石斛所制。由于野生铁皮石斛对自然生态条件的要求极其苛刻，自然繁殖率又极低，因此濒临灭绝，便被列为重点保护的珍稀濒危药用植物。因此，铁皮枫斗的价格极高，素有"北有人参，南有枫斗"的说法，现如今，铁皮

铁皮石斛盆栽

枫斗的市场价格更是扶摇直上。

因铁皮石斛具有滋阴清热、益胃生津、补五脏虚劳、养肝明目、养颜润肤等诸多功效，历代名医如华佗、张仲景、孙思邈、李时珍等都曾用其养生保健、配方治病，他们都认为滋阴养生是强身之根本，补益之必须。

而野生铁皮石斛常生长在人迹罕至的崇山峻岭、悬崖峭壁之上，自然繁殖率更是极低，人间难得一见。因此，千年以来，铁皮石斛一直作为"九大仙草"之首，和灵芝、人参、冬虫夏草等一样被列为上品中药，是历代只有皇室贵族才能享用的养生滋补珍品。因此，有关铁皮枫斗的养生、美容、治病、救命的传说也多来自皇室贵族。

传说贞观十五年（641），文成公主远嫁吐鲁番时，唐太宗曾为其备下丰厚嫁妆，为使公主免受塞外之苦，私下封赏铁皮枫斗五升，以滋养贵体，足见铁皮枫斗的尊贵和稀有。一代女皇武则天美丽、长寿，花甲之后，头发依旧黑亮有光泽，皮肤依然白皙红润，富有弹性，是因曾以铁皮枫斗为养颜护肤良方。乾隆帝 25 岁登基，在位 60 年，实际掌握中国最高权力长达 63 年，是中国历史上执政时间最长、年寿最高的皇帝。宫廷御医养生方案很多，养生品也很多，而乾隆独爱用铁皮枫斗滋阴养生，大宴群臣。我看了这些对铁皮枫斗功效的描写，总觉得过于夸大了它的作用。就像之前，人们将灵芝说成神奇的救命仙草一样。有时我在深山里，也会看到野生的灵芝，人们并未将它当成多么神奇的灵丹妙药。只是在物资奇缺的年代，它们的作用，在传说中，被无限地放大。

铁皮石斛正因其具有神奇的药理功能以及附带的种种传说，越来越受到人们追捧。铁皮石斛的食用方法也有很多，可鲜吃、泡茶、煎汤、熬膏等。各种食法也各有各的功能，在缺乏抗生素的年代，新鲜铁皮石斛对人体退烧有特效，只要将新鲜铁皮石斛捣烂，或吞服，或直接口嚼，或用开水煎煮服下，即可起到退烧作用，此法也可用于治疗成人虚火造成的牙痛。

一次，有朋友送来一盆铁皮石斛，我也摘了一根新鲜的石斛尝了尝，入口细嚼，味道微甘，有一股淡淡的草木清香味，而且唇齿之

铁皮石斛茶

间有一种果液的微黏感，倒也清新爽口。

听说，用铁皮石斛泡茶，有开胃健脾、清补安神效果，之后，我又采得新鲜的铁皮石斛几根，洗净后切成薄片沏了一壶茶，想着炎炎夏日，让这"神茶"来理理我心中之火。然而，泡出来的茶水极其清淡，甚至看不出色彩，一朋友见了问我："这跟鱼喝水有什么区别？"当时我还嘴硬地反驳了一下。待到日后，喝到榨出的铁皮石斛汁之后，才知道这种果汁与鱼喝的水，的确有着天壤之别！

言采其蕨

在到文成之前，我从未注意过蕨菜。哪怕在某本书里见过，也是一扫而过，甚至都记不清它的模样。自从到了文成之后，便年年看到它。春天，偶尔也与友人去山间采摘。这种在林地、灌丛、荒山草坡最常见的植物多生于浅山向阳地块，分布在稀疏的针阔混交林中。

蕨菜

凉拌蕨菜

　　蕨菜的名号有很多。一位作家曾说，世界上大多数文化都有一种习惯，便是从植物的形态来推知药性，并以此给植物命名。蕨菜虽不以形态知药性，却也以形态得到"拳头菜""猫爪""龙头菜"等一些名号。它的名字与它的形状一样，带着某种令人惶恐的状态，恣意地由不起眼的地方冒出来，似乎它的形态一露出地面，就带着万物的生机。

　　每年清明前后，蕨菜便像冬眠的蛇一样苏醒过来，它的新生组织悄悄地从地下露出头。然后由山坡、林间、枯枝败叶下伸出卷成一团的棕色嫩叶。嫩叶一冒出地面，便像蛇一样昂起头，蜷缩着身子，慢慢地往上伸展，这些伸展出来还未长出叶子的叶柄便是蕨菜。此时是采摘的最佳时期。但随着中间叶柄伸长，蕨菜的小叶渐渐生长出来，等它展出美丽羽毛般的叶片时，蕨菜便老了。

蕨菜、苦菜与覆盆子

第一次采摘蕨菜时，我带着新鲜的感觉，当将那卷曲着身体的蕨菜握于手中时，内心里却有着一份惶恐，它那昂首的样子，似乎在直视着你，让人觉得诡异。过不了多久，它那原本挺立的腰杆变得绵软起来，像失去脊梁的人一样，便也没什么可惶恐的了。

蕨菜可食用的部分就是像蛇形一样未展开的幼嫩叶芽。食用蕨菜的最早记载见于《诗经》："陟坡南山，言采其蕨。"《本草拾遗》对食用蕨菜也有记载："蕨，叶似老蕨，根如紫草。生山间，人作茹食之。"《本草纲目》也载："蕨，处处山中有之。二、三月生芽，拳曲状如小儿拳，长则展开如凤尾，高三、四尺。其茎嫩时采取，以灰汤煮去涎滑，晒干作蔬，味甘滑，亦可醋食。其根紫色，皮内有白粉，捣烂，再三洗澄，取粉作粗妆，荡皮作线食之，色淡紫而甚滑美也。"

经过处理的蕨菜的确口感清香滑润，再拌以佐料，清凉爽口，是难得的上乘酒菜，还可以炒着吃，做馅，加工成干菜，腌渍成罐头等。

　　我也比较喜欢蕨菜配以生姜、大蒜、辣椒等调味品制成的凉拌小菜，酸酸甜甜，带点辣味的小菜特别爽口，百吃不厌。尤其几个人聚在一起闲聊，备一盘凉拌蕨菜，边海阔天空地聊，边像品零嘴一样地品着蕨菜，便觉得十分惬意。

　　有几次，有亲属由北方到义成来，我也总想让他们尝尝这种像蛇一样从地下冒出来的植物的味道。因此，每到春季，我便期盼着、等待着蕨菜的成长，当蕨菜从地下一冒出来，它那卷曲的、带着弹性的身体刚刚向空中伸展，将要弹跳打开时，我便将那嫩芽采摘过来，回来用开水烫过之后，加以各种作料，烹制成各种可口的菜肴。食之，觉得趣味盎然！野生的东西，总给人带来一股奇异的欢悦，就像人类某种自由的精神。

苦菜的惆怅

过去的几周，天一直下雨。

随着雨季告一段落，暖风一阵一阵地吹来，山间的青草似乎嗅到了暖风的气息，迫不及待地由地下挤了出来。它们一冒出地面，便带着欣欣向荣的景象，带着万物复苏的喜悦。春日里，如果没有这些青草，我们无法想象春天是个什么样，也无法想象没有青草的春天该怎么过。

春天，冒出地面的青草有很多，无论它们有多少，总有一些青草令我们念念不忘。那是一些曾在特殊年代、特殊时期，以不同姿态、

苦菜

形状、味道满足我们食欲的青草。在食物不充裕的年代，它们的形状与气味显得尤其亲切和具体，它们的存在就像装饰物，不仅填饱了我们的肚子，满足了我们的食欲，也装饰了我们的梦。

在这个青草开始复苏的季节，只要你走出去，总能看到一些曾令我们为之欣喜的装饰物。为能看到它们，为它们曾为我们做出的贡献，以及为它们曾丰富了我们的想象与回忆而欢欣鼓舞。在这其中，苦菜便是其一。苦菜是文成餐桌上的重要野菜之一。

文成人嘴里所叫的苦菜，实为败酱草，为败酱科败酱属植物。《本草正义》记载："此草有陈腐气，故以败酱得名。"当然，它还有其他别名，如萌菜、胭脂麻、苦益菜、苦麻菜等，而文成人则习惯称其为苦菜。此草多生于荒山草地、林缘灌木丛中。春天，在文成的田间地头经常能看到它。

败酱草的味道有些辛、苦。这些略带苦涩的野菜，常常能勾起人们的回忆。他们常说，当年是因为家里条件不好，才去山上挖野菜，配着其他杂粮果腹，那时虽不觉得苦菜好吃，但如今看来是一种美好的记忆。如今，人们虽然不愁吃，但还是喜欢吃这种野菜，不仅因为它的口感好，还因这种植物漫山遍野都是，容易采摘，吃它便成了顺理成章的事。

有些人吃它，不仅仅是为了它的口感，而是为了内心的一种山野情结。野，总能唤起人类原始的本性，勾起人类回归式的美好记忆。我们吃野菜或许也怀着这样的情结，野的，更有情趣。

文成人喜欢吃这种野菜，曾有一位文成人对我说，虽然他在外面吃过各种不同口味的菜，但吃的菜种类越多，他的记忆里菜便越少，到最后只剩下苦菜这一种了。说着说着，他的语调慢慢缓了下来，神情也变得非常惆怅，那种淡淡的忧伤，不知道是为了苦菜，还是为了他自己。

凉拌苦菜

　　他又说，每次他由外地回到文成，总让他母亲给他准备一份苦菜或苦菜汤，因为他容易上火，经常口舌生疮，眼睛也不好。他觉得吃了苦菜后由内到外都十分清爽，就像有人把他的肠子拿出来清洗了一样，特别舒畅。或许他的这种说法有点儿夸张，但能感受到他对苦菜有着特殊的爱，他的情感里带着一种游子对家乡的依恋与乡愁。

　　败酱草也确有药用功效。《中药志》记载："今市售败酱草主要有两种，北方习惯使用菊科植物苣荬菜的带根全草；南方习惯使用十字花科植物菥蓂的带果全草。然二者效用不同：一说主治明目、目痛、泪出等病；一说主治暴热火疮、赤气、疥等病。"故《本草纲目》也载："败酱，善排脓破血，故仲景治痈，及古方妇人科皆用之。乃易得之物，而后人不知用，盖未遇识者耳。"从此记载可知，败酱草也分多种。文成当地所见的败酱草多为白花败酱。

白花败酱入药始载于《神农本草经》，以后历代本草著作均将其收入。其茎、根及全草均可入药，性味苦、辛、凉，具清热利湿、解毒排脓、活血化瘀、清心安神等功效，常用于治疗阑尾炎、痢疾、扁桃体炎等症。

败酱草不仅有药用功能，嫩叶中还含有蛋白质、碳水化合物、维生素等。或许因为有这些功效，在文成，无论是在家庭、小餐馆、农家乐还是酒店，均将败酱草作为地方特色菜。

吃败酱草最好的季节是春季，清明前后，在文成的田间地头，随处可见败酱草的身影。文成的败酱草也分黄花败酱与白花败酱两种，黄花与白花的主要区别在于叶片为羽状分裂，花呈稀疏的伞房状花序，花冠黄色，果实小。民间常食用的是白花败酱，据说白花败酱的药效较黄花的好。

我在山间行走的时候，也常常在林缘、草丛、溪岸、路旁看到败酱草匍匐的身姿和那倒卵状的阔边矩形叶片，尽管我不像当地人那样，对它怀着特别的感情，但也常常跟着人们一起采摘其嫩茎叶头而食，为的是一种野趣。

在文成，败酱草常见的吃法是做汤。挑选新鲜的败酱草嫩叶，洗净，在开水中焯一下，然后在冷水中浸泡两三个小时，去其苦味，即可烧制，用败酱草做的汤十分清淡，入口虽带点淡淡的苦味，后味却带着此草特有的清香。其次才是烧菜、凉拌等一些吃法。因其是一道野味，可根据个人不同的口味制作各种菜肴。

有段时间，为了吃得方便，我在园子里种植了败酱草，尽管采摘方便，却没有吃野菜的味道。吃野菜，有时候也不仅仅是为了吃，为的是一种情趣，一种回归式的记忆。但是，吃完之后，内心却又涌上一种难以言说的惆怅！就像那位乐于用苦菜"洗肠"的先生一样，那种感觉是三两笔所不能勾勒出来的。

民俗与青芥

中国是一个有着悠久历史和民俗传统的国家，在几千年的历史长河里，各民族各地区都有各自的民俗文化。这些民俗不仅丰富了人们的生活，在一定程度上，它也为一方文化增添了地域性色彩。比如，农历二月二，各地就有着不同的民俗文化。

二月二，俗称"龙抬头"，也叫"春龙节"。北方广泛流传着"二月二，龙抬头；大仓满，小仓流"的民谚。人们在这一天要吃面条、吃春饼、炒黄豆、爆玉米花、吃猪头肉等。而且百姓普遍把食品名称加上"龙"的头衔：春饼叫"龙鳞"，面条叫"龙须"，米饭叫"龙子"，馄饨叫"龙眼"。有时候吃这些东西，感觉自己也要变成龙一样。甚至觉得，即便不成龙，也会成为一条蛇。

小的时候，每年农历的二月二，我母亲就常常给我们做些爆玉米花、炒黄豆、烙薄饼等小吃解馋。那时候只知道二月二才有这些东西吃，并不知道为什么要吃。长大后才知道，所谓的"龙抬头"指的是经过冬眠，百虫开始苏醒，所以才说"二月二，龙抬头"。而二月二所吃的东西带上"龙"字，是与一些龙的传说有关，无论是"挑龙头""吃龙胆"，还是"金豆开花，龙王升天，兴云布雨，五谷丰登"，都是百姓借此以示吉庆的一种民俗行为。

二月二这天，某些地区还有一项重要活动就是接"姑奶奶"，即

芥菜

已出嫁的女儿，回娘家住上几天。各地接姑奶奶回家的风俗虽大致相同，但接回家的理由却不尽相同。据说南京二月二接姑奶奶回家的理由是"诉冤仇"，女儿回来后可倾诉在夫家的遭遇，父母则趁机教导自己的孩子，怎么勤俭持家、孝顺公婆、与妯娌和睦相处。女儿在公婆家辛苦了一个正月，也好借此机会在自己的父母家休息休息，和闺中好友一起出去踏青游春、话家常，过几天轻松日子。

而北京人接姑奶奶回家主要为休养犒劳。因为老北京人的礼数多，正月里"姑奶奶"是不能住在娘家的，正月初二到娘家拜了年后，也必须当天赶回婆家。到了二月初二，娘家人就来接女儿回去，住上几天或半个月，一是正月里忙活了好长时间，接回娘家好好歇一歇；二是新的一年刚开始，又要忙碌了，要犒劳犒劳。

二月二，许多地方还有一个讲究。这一天无论老人、大人还是小孩，都忙着去理发店理发。为什么二月二理发？因俗语中有"正月不剃头，剃头死舅舅"的说法。所以很多人在腊月理完发后，一个月都不再光顾理发店，直到"二月二"才解禁。据说在这一天理发能够带来一年的好运。因为二月二有"龙抬头"之说，剃龙头，也寄托着人们的美好愿望，希望神龙赐福、鸿运当头。这一民间禁忌近年来已经逐渐淡薄。因正月剃头死舅舅是民间误传，真正的意思是"正月剃头思旧"，后来就被老百姓传成了"死舅舅"了。

南方的二月二与北方的截然不同。二月二，温州人有吃芥菜饭的习俗，当然文成人也不例外。每逢二月二，文成人家家户户都要做芥菜饭吃。记得第一次在文成吃芥菜饭时，我还十分不习惯，不明白这日子为什么要吃芥菜饭？不是要烙薄饼、爆玉米花、炒黄豆吗？和芥菜又有什么瓜葛？

询问后才知，文成民间流传着"二月二吃了芥菜饭，一年不会生疥疮"的民俗。旧时老百姓生活贫困、卫生意识淡薄，加上缺医少药，皮肤病患者多，且易传染。因芥菜含有大量的叶绿素及维生素 C，经常食用，能提高自身免疫力，对人的皮肤有好处。故此地有"吃了芥菜饭不生疥疮"的说法。《瑞安县志》里也曾有记载："取芥菜煮饭食之，云能明目，盖取清精之义。"因此，每年这个时候，家家户户都会做芥菜饭来吃。近年，我一直生活在文成，对文成的这些民风民俗体会得也更加深刻。

民间吃芥菜饭的习俗还有一段传说。传说某年春天，乾隆到浙南一个农户家中微服私访，发现一个饱读诗书的青年因家境贫困，无法进京赴考，只好在家苦读诗书。青年热情好客，请乾隆吃便饭。做饭时，发现米不够吃，又没菜肴。就叫其妻先准备开火，自己便到菜园里剥来一把碧绿幼嫩的芥菜，加点佐料，煮成一锅绿中夹白的芥菜饭。乾隆平时吃惯了山珍海味，且时至晌午，早已饥肠辘辘，一闻到芳香扑鼻的芥菜饭，食欲大增，便赞不绝口，连问这是什么饭。那位妻子答道："芥菜饭，吃了不会生疥疮。"刚巧这天是农历二月二，二月二吃芥菜饭的习俗便从此传了下来。

吃芥菜饭自然离不开芥菜，冬春季节，在文成田间地头，房前屋后，处处可见芥菜绿油油的身影。我家园子里也种了十来株芥菜，尽管没精心管理它，但芥菜仍长得青葱肥嫩，每片叶子都长得又宽又大，有些叶片足有一米长，如芭蕉叶一般，微风一吹，那些叶子随风而舞，倒也婀娜多姿。由于芥菜长得肥大，每次摘一片叶子就可以吃上一餐。

一样东西总吃，多少生厌。一次我对隔壁的老先生讲："您要不要腌咸菜啊，把芥菜都拔了腌起来吧，长得太好了吃不了。"

老先生笑着说："先留着吧，还等着二月二烧芥菜饭呢。"我听了恍然大悟，是啊，还有二月二呢。

做芥菜饭看着虽没有什么技术含量，然而并不是人人都会做，我

芥菜饭　潘聪聪摄

也是经过讨教才略知一二。其实芥菜饭的制作过程，并不复杂。先将糯米煮熟，再把芥菜嫩叶切细备用，将切好的猪肉倒入炒锅煎炒出油，再把切好的芥菜倒入锅里与肉同炒，芥菜炒熟后，即把糯米饭放入锅中同炒好的芥菜一起翻炒、拌匀，最后放盐、味精，焖一二分钟即可起锅开吃。如果喜欢味道浓一些，起锅前还可以加上虾皮、香菜等佐料。这过程似乎让人很容易理解，也不难操作，但我至今没做过。我单等着吃别人做出来的。

刚出锅的芥菜饭香味十分浓郁，尤其对从小吃着芥菜饭长大的文成本地人来说，每每芥菜饭那股香浓的味儿传来，人们便垂涎三尺。

家乡的饭菜，有时候就像乡愁，它的味道总能勾起远离家乡的游子对家乡与亲人无限的回忆。人们常说，入乡随俗。这些年来，我在文成也尽量地融入当地的各种风俗，然而，每当农历二月二，一碗芥菜饭，常常也会勾起我这个异乡人那淡淡的乡愁。

野性的生存

　　假如我们喜欢某个地方，不管走到哪里，总希望那个地方在你的视野里；同样，喜欢某物、某人，不管走到哪里，也总希望那个物品与那个人在你的视野里。

　　但往往事与愿违，这样的希望多数会落空。就像一位美丽的公主总希望得到一位英俊的王子，事实是，她能得到一位王子，但得到的并不是自己想要的那位。现实就是如此。在不能实现愿望时，我们也不得不适应这种不能得到的失落感。随着时光流逝，我们也会接受某种自然规律与即成事实。

　　生活中，往往也会有一些我们不能想象的意外与惊喜。比如，某个物种，你越是不在意它的存在，它越是出现在你面前，不管用什么方法，不管走到哪里，它都会在你的视野里挥之不去。

　　最近让我有这种感觉的是一种叫酢浆草的植物。这是一种叶片含有酸味的小草，我常常将它与三叶草、四叶草、十字萍混为一谈，因为它们叶子的颜色、形状都十分相像，就像几个难分彼此的桃子，常让人分不清谁是谁。

　　酢浆草是一种多年生草本植物，由于它的叶片含有酸性物质，在北方，大家都习惯了叫它酸叶草。小时候，我常常喜欢摘食它，品尝它酸酸的味道。我喜欢吃草，吃各种各样我愿意吃的草。外人常

野生的酢浆草

常不能理解我吃草的缘由，有时我也不理解。但觉得这是我的自由，也并不想让他人理解我的这一嗜好。

虽然那时经常吃酢浆草，但从没养过它，因为这种草多生于山坡草地、河谷沿岸、路边、田边、荒地或林下阴湿处。而且它的适应能力强，无论在北方，还是南方，均随处可见。因太容易得到，自然没人珍惜与待见它。我也一样。

近年，我总喜欢摆弄些花草。我养花，种类总是很庞杂。无论高雅与俗气，均随性而为。然而，在那些专属的花盆里却经常冒出酢浆草的身影。起初，只要看着它那扁圆状倒心形的叶片从花盆里冒出来，我就是毫不犹豫地揪着叶片，野蛮地将它拔起，过不了多久，新的叶片又冒了出来。之后再野蛮地对它，它长，我拔，再长，再拔，如此反复，总也拔不光。

偶尔，我也留着它的几片叶子，任它恣意地生长。某日发现，这是一种有意思的小生物。它有休眠的时候，白天，它的叶片张开，吸收光照。夜晚，它的叶片闭合，进入睡眠状态。在这一张一合中，你不知道它什么时候就长大了。春天，它总会开出粉红或梅红的小花，那伞状的小花朵虽不起眼，却也亭亭玉立。而且，它的花期很长，会一直持续下去。有时，你会觉得，它那极尽盛放的姿态，似乎是为了让你不要忽视它。

一天半夜，我和先生忽然想要倒弄那些花。夜间，蜗牛与鼻涕虫纷纷爬了出来，它们在园子的池边像幽灵一样来回移动，动作极慢极慢，它们那蠕动的软体，令人恶心至极。在倒弄一盆薄荷的时候，我也将里面的酢浆草一同倒了出来。突然发现，酢浆草居然长着水晶萝卜一般的根茎，以及褐色的片状鳞块。我竟然莫名兴奋起来，像发现了宝藏一样，对那些聚生在一起的鳞片爱不释手。

酢浆草是一种可以吃的草，但不像我小时候那样，直接采叶片来吃，其茎叶都可食用。酢浆草茎叶含大量草酸盐。食用时，嫩茎叶先用沸水焯一下，在凉水中浸泡后炒食、做汤或凉拌，也有人在做拼盘、点心或其他食物时，将其作配料使用。

但吃这种草的人少之又少，大部分人还是将它作为草药来使用。因其茎叶中含有草酸，有清热解毒、消肿散淤等作用，可用于治疗肾炎、痢疾、咽炎、牙痛，外用还可治毒蛇咬伤、跌打损伤、烧烫伤等。民间常将它作为一种土方煎服，治疗气管炎、黄疸型肝炎、肾炎水肿、失眠、扭挫伤。吴鸣皋就将其作为自己平时治疗常用的几种草药之一，记载在《文成见闻录》中，并附了一些治疗疾病的简易药方。

酢浆草

除此之外，红花酢浆草因其植株具有低矮、整齐，花多叶繁，花期长，花色艳，又能抑制杂草生长等诸多优点，被视作布置广场、室内阳台以及庭院绿化镶边的好材料，从而被广泛种植。

红花酢浆草的这些特点，让我有着颇多感慨。好比我们看待一个人。这个人有着这样那样的毛病，或者某些方面不合我们心中的标准与要求，因不喜欢，便不待见它。忽然某天，从那个人身上竟看到不同寻常的一面。因此，换一种眼光，或许会有意外的发现。

近期，阳台上一个闲置的花盆里，又生长出几株酢浆草，长得非常茂盛，叶子有平日所见酢浆草的几倍大，它那极其疯狂的长势，看了，让我有种它要成精了的感觉。

村庄在四季里轮回

第一次去黄垟坑是在夏末，那时山间植物繁茂，很是美好。拍了些照片之后，觉得不甚过瘾，之后又去了第二次。黄垟坑位于文成县西北的深山里，对于住在县城的人来说，那是一个遥远的地方。从县城出发，车子沿着弯弯曲曲的山路前行，过百丈漈、南田，往山的更深处开很久，才能到达那里。

黄垟坑三面环山，一面临水，是一个坐落在半山腰的美丽小村落。村庄常年笼罩在云雾之中。村中有一条山溪穿村而过，常年水流潺潺，木屋、石墙、石桥倒映其中，处处透着浓浓的乡村气息，令人不禁驻足。走进去更有种迷失的感觉！

黄垟坑建村已有 500 多年的历史。村民多为徐姓。最早在此居住的是徐伯龙之孙徐崇九。

知道徐伯龙的人不多，徐伯龙是与刘基同一个时代的人。元至正十四年（1354），黄坦吴成七起义。徐伯龙曾主动请缨攻打起义军，后被杀害。丈夫被杀时夏氏还年轻貌美，为了防止被辱，她自毁容颜，并将幼子抚养成人，守寡到老。

为表彰其英勇事迹，元朝廷为其建了忠勇祠。明嘉靖年间，为夏氏建了节烈坊。徐伯龙的英勇无畏与夏氏的忠贞刚烈令人敬佩。徐氏后人提起他们的先辈，也是敬仰有加。

古村　林峰摄

　　徐崇九，生于明永乐初年（1403）。大概，他也是听着爷爷奶奶
的故事长大的。但他却是位个性随和，不喜喧嚣，向往安静与自由的
人。明成化年间，徐崇九寻到黄垟坑，觉得此地青山叠翠、清泉淙
淙、鸟鸣林幽，便由张坳举家迁往黄垟坑，在此垦田开荒，定居下来，
于莽莽群山、深林之处，过起了桃花源似的世外生活。

　　黄垟坑实在偏僻，500多年过去了，村子仍保持着难得的安静，

并有着陶渊明笔下的"屋舍俨然，有良田、美池、桑竹之属"的美好，又有"阡陌交通，鸡犬相闻"之野趣。

村内建筑风格比较独特，房屋大多为二层木质结构建筑，均依山而建，就势分布于村庄的山坡上。远看层层叠叠，错落有致，这些建于清朝时期的建筑，至今仍保存完好。

进村，首先看到的是由块石垒砌的石墙与民居。石墙分为上下层，

石墙

由石阶相连，由于山间潮湿，石墙与台阶上布满青苔，院门的入口处围有篱笆。石墙、石阶、青苔、老屋、篱笆，一切都很协调且古朴。因是阴天，站在下首往上看，石墙与老屋掩映在一片灰蒙蒙的天色中，给人一种苍茫之感。

沿着青石台阶往前走，雨后的台阶略有些湿滑，上面布满苔藓，站在高处，村子尽收眼底。出檐起脊的建筑、玲珑俊秀的阁楼，让人有种回到过去的感觉。在层叠交错的建筑间，不时可看到简洁雅致的门台、残缺不全的石墙、长满苔藓的古道，以及临门而围的篱笆墙，建筑物与周围的景致都很合拍。而且那些长满青苔的台阶与建筑，让人疑是走进了《绿野仙踪》里的童话世界。

我走了一会儿，发现村内十分安静，除了在一两处老屋前看到几位坐着闲聊的老人外，竟看不到一个年轻人。村子的朝气，在那些院内外篱笆墙边四处漫步的家禽身上。鸡高昂着头，鸭迈着四方步，悠闲地在老屋前与篱笆内外晃来晃去，你追我赶，好像这里的世界都是它们的一样。

我走近一栋老屋时，看到一位老婆婆正在厨房的后门处喂鸡喂鸭，听到有人来，鸡鸭都警惕起来，东张西望地巡视着。老人看到我们，很是友善，眼睛里满是笑意。闲聊中，得知村里的年轻人大都外出了，留守的都是老人，他们在村子里生活了大半辈子，很少出去。我征得老人的同意，上到老屋的二楼。

上楼时，木楼梯因年数已久，在我们脚下咯吱咯吱地响着。站在楼上能看到大半个村子，原本房上红色的瓦片在天长日久的风吹雨打中，颜色变得晦暗。那种暗哑的光泽就像某些神秘而又隐晦的文学作品，既让你感到艰涩，又吸引你不得不去多看两眼。

尽管村内人口稀少，但生活气息仍很浓郁，民居里保存着众多与村民生产生活息息相关的用具。不时可看到挂在房檐下的蓑衣，立

篱笆墙

老屋

在门口的木制洗漱台与石磨，吊在厨房里的各式竹篮与炊具，横在
过道里的竹椅、木制扇车等生活用品。

　　村口的一处老屋，更是让人惊喜。老屋建于村口的山坡上，为二
层木构建筑。房屋呈凹字型，有院墙，四面留有门台，走出去，可

通往不同的方向。老屋不仅大门多，建筑内的小门也特别多。现屋内无人居住，部分房屋也已拆除。因少有人来，房屋周围的台阶与石壁上布满了青苔。

虽已人去楼空，但房屋里保留的器具众多。在二楼的几个房间内放置着大量的竹制品与农具，包括竹篮、竹筛、竹笊篱、竹畚箕、竹笠、竹匾、竹篁、竹席、鸡笼、鸭笼、猪笼等竹制品。此外，还有各种木盆、木桶、量谷斗、打稻机、扇车、犁、蓑衣等。这是我在一座民房内见过的最全的农具，可谓一应俱全，几乎可以开一个家庭式农具博物馆。

村人说，房子原是徐姓几户人家的旧居。当年，红军和地下革命者曾在此住过。让人惊诧的是，建筑内房门众多，迷宫一样。正是这众多的门，给当时的革命者撤离提供了方便。当年红军在此居住时，前门有人进，红军就从后门迅速撤离。后来，村里组织村民搬迁下乡，居住在这里的住户全都搬出去了，房屋便荒废了，但村民用过的生活用品及农具都留在了老屋里。

从老屋的左侧绕到后门，穿过山边小径来到老屋的那堵石门前，石门也因年久失修扭曲变形，摇摇欲坠。石门外是一条山间小路，沿着小路，可通往山的另一边。这条路就是红军当年撤离的路线。

虽然黄垟坑村内留下的村民不多，但村民都很朴实而谦和，各自在自家的一方小天地里惬意地生活着。当我们在村中来回穿梭时，村民们对我们都很亲切，主动与我们打招呼，有的还热情地邀请我们到他们家里坐坐。

在村中来来回回走了几趟后，我颇喜欢村中的石阶小路。这些路由大小不同的条石与块石铺就。有的路沿着房屋，上下旋转；有的路沿着小溪，前后延伸；有的路上下纵横，互相交错。这些路虽小，却都四通八达，沿着每一条路走下去，都可通往不同的方向。南方潮湿的天气与连绵数日的阴雨，让每条石阶上都布满了青苔，远看，每条路都像铺了一条翠绿色的毯子。走在溪间的那些小路上，听着涓涓细流，流淌于累累卵石之间。走过每一处转角，拍过每一处风景之后，我仍流连忘返，流连于一个村庄在四季轮回里的变迁。无论村庄在四季的光阴里如何轮回，一些美好的东西总是会给人留下独特的记忆！

离开后，一个古村落给我最初的安详与宁静，仍如一股涓涓细流，慢慢浸润心田……

溯流而上

《诗经·蒹葭》里写道："蒹葭苍苍，白露为霜。所谓伊人，在水一方。溯洄从之，道阻且长……"我对其中的"溯洄从之，道阻且长"印象较深，如果不是对美好生活的追求，或为了心向往之的事物，面对险阻，人们怎么会逆流而上呢？去过黄垟坑之后，我对那个处于深山中的古村落有着深刻的印象，便想溯流而上寻找徐姓家族之源，于是寻到了张坳。

张坳位于南田境内，因后山有株大樟树，村后的山便唤作樟山，村在山坳下，故名樟坳，后演变为方言音"张坳"。旧时村名大多由此方法演变而来，自然而极富野趣。

张坳建于南宋宝祐年间，距今已有760余年之久。村子隶属青田县柔远乡九都、上七源、南田乡等。自元朝起，张坳就是一个文治武功名传四方的一个地方。武有勇士徐伯龙，文有徐希达、徐绍伟父子。徐伯龙曾让贼寇胆战心惊。徐希达父子及兄弟、乡邻曾相继创建了青云书院、储英书院、文武书院、育才书院、旭照书院，因此张坳是文成历史上有记载以来书院最多的村落。

那天进入村子，第一件事便是寻找徐伯龙留下的足迹。

徐伯龙生于元朝至顺四年（1333），是一位擅长用刀、武功惊人的习武之人。他有一把重120斤的大刀，可单手提起大刀作战。元至正十四年（1354），黄坦吴成七起义。为此，朝廷震怒，于次年令王姓统管官率兵征讨，到达南田时，官兵恐惧不敢前行。徐伯龙便主动请缨，愿率"义兵"为前队，攻打起义军，并被授以松阳县尉。

第二天，吴成七进军青田，徐伯龙遂召集"义兵"于张坳外路进行抵御。双方进行激烈交战，因官兵无援，寡不敌众，徐伯龙被吴成七起义军所杀。

徐伯龙遇难后，其妻夏淑荣仅21岁。夏氏是一位非常刚烈的女子，丈夫阵亡后，起义军进入村子。起义军中有位叫宋茂四的首领，见夏氏生得貌美，欲强行娶之。夏氏坚决不从，并拿刀割断了自己的头发掷在地上说："我头可断，身不可夺，若强行，便死给你看。"一行人见夏氏如此刚烈，不敢强行进犯。为了能将幼儿抚养成人，夏氏自毁容颜，并于乱世中守寡到老。

徐氏族谱记载，夏氏当年是用刀划破脸部毁容的。容颜对一个人来说非常重要，何况是一位年轻貌美的女子？夏氏的事迹在当时广为流传。

徐伯龙夫妇的事迹令人动容，元朝廷曾下诏赐谥徐伯龙为"忠勇"。明嘉靖年间，浙江巡按御史舒汀将其事迹上报，奏请建忠勇祠与夏氏节烈坊。

张坳村中的小巷

　　忠勇祠坐落于张坳驮份，清康熙年间毁于战乱。康熙四十九年（1710），由徐氏后人在原址重建，至今已243年。忠勇祠正大厅堂塑有徐姓始祖徐居延及徐伯龙、夏淑荣像，每逢正月十五隆重祭祀。夏氏节烈坊于清朝毁于战乱。虽未重建，但它的形象仍留在族谱与人们的记忆里。

当年徐伯龙所使用的大刀至今还在，由后辈保存。刀非常沉重，全长 3 米有余，重达 120 斤。一般青壮年需双手才能提起。能单手将重 120 斤的大刀挥起作战，可见徐伯龙体力惊人。

如果有前世今生之说，张坳前世尚武，后世便开始崇文。村里曾先后建有青云、储英、文武、育才、旭照五个书院。

青云书院建于清乾隆年间，由徐希达、徐希进兄弟创办。徐希达曾为太学生，从小胆识过人，13 岁便到青田县城打官司。生平又爱做善事，先后为青田七都小黄庄、西陵、三滩、张坳等村建有多座存放物品的仓库，建有岭根岭头亭，与弟弟徐希进办有青云书院等。青云书院为当地培养了一批学子，影响深远。后因年久，建筑早已损毁，如今仅剩院址，以及"鸢飞鱼跃"横额等遗物。

忠勇公祠

徐希达之子徐绍伟在当时也是一位颇有影响力的人物。徐绍伟生于清乾隆十三年（1748），幼年便十分聪颖，于乾隆年间科试入学，后补增广生，系嘉庆庚申科恩贡。

徐绍伟是一位爱书之人，且文采斐然，家中曾藏书万卷，为当年的青田名士。由他所题的碑记、序跋、联匾随处可见，并于嘉庆十三年（1808）创办储英书院，书院位于"石楼梯"里。

石楼梯是一座规模宏大的三进四面屋，建于乾隆二十五年（1760），由徐希达、徐希进兄弟所建。四面屋前是一条街路，为当年九都最早的街道。连排十二家商店，故叫"店前路"。街路边上，有一堵照镜壁，两边都有半圆形的城门，城门下是澄清的池塘，水平如镜。皓月当空，倒映水中，可谓一景。现此景已不再。

石楼梯四面屋门台额上有徐绍伟撰书的"明经"两字。对联为："孝友为家政，文章报国恩。"中间正壁，挂有韩锡胙撰写的对联"和气况兼居福地，闲身随处是桃源"。其屋还有水浮岩。该建筑后被大火烧毁，如今门前仍存有旗杆夹一对。院内有一株由徐绍伟种植的罗汉松，树龄已达 250 余年。

除青云书院、储英书院外，张垇还有由徐绍伟等人所建的位于文昌阁的文武书院，位于中央屋的育才书院，位于石门楼的旭照书院。当年这些书院为当地培养了一大批人才。

文成宿儒刘耀东少时也曾在桂岩书房读书。如今这些书院大多因年久失修，倒塌的倒塌，荒废的荒废。现仅剩下部分建筑遗址与族谱中的建筑图，但这种群贤毕至、见贤思齐的风气也给后辈留下了宝贵财富，为他们标注了可参照的行为坐标。

这个历史上曾一度文脉深厚、文风鼎盛的村子，如今随着时光流逝和时代变迁，以及古建筑、文物、人文价值的流失，鲜少有人关注了。

寻访中，我们走在村中，踏过一条条小巷，看到一座座古朴、摇

荒废的老屋

摇欲坠的古建筑时，仍能感受到过往岁月的乡愁。

当人们在叹息那些历史建筑消失的同时，看着曾作为文武书院的文昌阁、旭照书院的古建筑，育才书院仅剩的门台，以及其他古建筑、古井、旗杆夹、古树、大刀、石棋盘、石书笼、石花鳟、水浮岩、石磙子等遗址遗物时，不禁感慨，许多年后，今天我们所看到的东西是否依然安在，后人是不是也像此时我们怀念那些消失的古建筑与毁于战乱的牌坊一样，怀念它们呢？

巡检司之地

白居易曾在长篇乐府诗《琵琶行》里写过"浔阳江头夜送客，枫叶荻花秋瑟瑟"的诗句。诗中的荻花是一种水陆两生、酷似芦苇的植物。这种植物开紫花，有着独特的形象和气质，又有着细腻温婉的风格，身上集聚着愁绪与美感，所以，古时，荻花常是诗人用来表达离愁别绪的一种植物，它常在唐宋诗词里出现。

古书上，初生的荻被称为菼。据传，很早以前谈阳的山上林木葱茏，山下地势平坦，是一片水渍地，地上菼草丛生，非常茂盛，村名菼阳由此而来。"菼"与"谈"近音，于是又有谈阳之称。《明史》中，谈阳又被称为谈洋，在《读史方舆纪要》中曰淡洋，后人分析说谈阳是山地，不是水地，便改用太阳的阳，名称沿用至今。

从意义来说，菼阳似乎更有寓意一些，带着草木葱茏与欣欣向荣的意象。然而许多村名都在改来改去之间，失去了原有的意义。好在村名像人名一样，都是代称，叫久了也就习惯了。

历史上，谈阳属瑞安管辖，文成建县后划入文成境内。先前谈阳一带是南田通往沿海地区的交通要道，留下不少道观及古遗址。有建于明初的谈阳巡检司遗址，建于元末的农民起义军吴成七分寨遗址，建于清代的明星寺，还有赞司第旧居，以及近年开发的朱阳九峰名胜等。

村庄一角

　　未去谈阳之前，村子最吸引我的是它的风光。记得某年冬季，曾看过几张朱阳九峰的雪景图，照片上，好汉山庄的马头墙与周边的树木被白雪覆盖着，古朴中透着几丝神秘。此前在文成，我从未见过这种墙，那种建筑之美，配上雪景，颇令人向往。

　　去谈阳是在几年之后了，去的时候是初夏。

　　进村后我便被带到谈阳巡检司遗址处。说是遗址，除了周边几座无关的石屋与几堵石墙外，其实什么也没有留下。但要说起巡检司，却又大有来头。

　　巡检司遗址位于谈阳村旗杆下自然村村口，俗称谈阳司。遗址因与刘基有关，是谈阳最为有名的古迹。《明史·刘基传》记载："明洪武三年（1370），刘基奏称设谈阳巡检司。为胡惟庸所构陷。帝罢基禄。"

史料虽寥寥几句，却透露着很多信息。巡检司是当年检查走私物品的重要卡口，能在一个偏远的小村子设巡检司，可见此地在当时发挥着不同寻常的作用。

有学者考证，谈阳地域狭长，明朝年间，盐贩、盗贼常聚集此处。温州盗匪方国珍兄弟、周广三等时常对民众劫掠打砸。那时，刘基常经过谈阳，并说"瓯括间有地曰谈阳，是福浙要冲之地"，因此，此地不甚太平。当年，已告老还乡的刘基便委托长子刘琏上奏，建议在该地区设立巡检司以控制和管辖该地。巡检司的设置为一方百姓带来了安宁。刘基上请的时候，没有想到，会因此事受到牵连。

设置巡检司后，左丞相胡惟庸因与刘基有些私怨，便指使他人弹劾刘基，言及谈阳距山临海，有君王之气，刘基想在这里建自己的墓地，当地百姓不答应，他便要设置巡检司为难当地民众。朱元璋本是多疑之人，听了更是大怒，遂撤销了谈阳巡检司，停了刘基的俸禄。为此事，刘基曾进京谢罪，并遭到羁留。

直到嘉靖十年（1531）五月十三日，吏、礼二部查奏："基设司之议非为私己。"当年五月十九日奉敕建谈阳巡检司。共设有营兵125名，分5队，月支俸银35两。此时的巡检司曾保护谈阳一带民众平安。直至清初，谈阳巡检司才被撤销。现巡检司遗址面积仍广达数亩。

遗址处原有古城墙，城墙由土石建筑，约有30—40厘米厚，150余米长，从村头延伸到远处山陵间，远望非常高大与坚固。后建筑遭到破坏，遗址也被村民用来垦荒造田。此前，村民种田时，曾从田中出土有旗杆夹石等巡检司遗物。由于年代久远，现出土物已不知去向。

因遗址上什么也没有留下，听了村庄的故事，我们只能站在一片田地间，畅想巡检司的模样，远望四周的山陵以及村民口中的五马山。

山上林木茂盛，按村民所指，我看了半天，也未看出哪儿是五马山。村民解释说，山位于巡检司后面，由五个小丘陵组成，从远处看，五座山像五匹骏马在奔腾，故名五马山。听后，只能感叹村民想象力丰富。

谈阳除巡检司外，村内有名的建筑要数石门台。石门台位于谈阳村旗杆底四面屋门前，是一座古建筑，始建于清光绪十五年（1889），由贡生周铭箓立。原门台前列有四对旗杆。石门台横匾是由清朝著名学者孙衣言所书的"赞司第"，因此，当地村民也习惯称该建筑为赞司第。现门台上"门迎北关恩光大，地接南都春色多"的对联还清晰可见。

石门台距今已有一百多年历史，也见证了谈阳村百年来的变迁。因年久失修，现门台内的建筑已倒塌，仅剩下一些残垣断壁。作为村庄文化象征及历史的见证，近年，村民想要将其修缮保留下来，苦于资金不足，也仅是对门台进行了修缮。如今新旧交错的门台与后面破败的房屋形成强烈反差。倘若对它进行描述，与旧时的荣光和繁华相比，如今只能用凄凉与衰败来形容了。建筑与人一样，都是在逐渐衰老中，与我们渐行渐远！

随后，我们一行人去了旧称"朱山"的朱阳九峰。朱阳九峰是近年被开发的旅游胜地。景区因九座雄伟的峰峦耸峙云天，涧瀑挺秀而得名。景区内，绝壁擎天，奇峰耸峙。大象、将军、笔尖、猴头、天剑等形象巧变的九座奇峰巍然屹立在十里山腰，大自然造就了令人震撼的天然雕塑群。山间的百折瀑、龙瀑、三潭三瀑、白水漈等瀑布瀑潭景观也相映成趣。

景区内的建筑也很有特色，依山而筑的"好汉山庄"是徽派建筑，深山中，高昂的马头墙层叠交错，像嘶喊中的战马引人注目。春夏

朱阳九峰上的冰瀑　林峰摄

朱阳九峰冰雪图　徐铭摄

朱阳九峰上的小道　林峰摄

秋，马头墙掩映在一片葱郁的绿色之中；冬季，偶遇飘雪，掩映在雪中的马头墙，带着梦幻色彩，就像童话中的世界。有时，气温骤降，崖间水流成冰，形成壮观的冰川世界，走近，像进入了《冰川时代》里的场景，让人震撼！

景区刚开发时，曾吸引大批游人前往。后来，不知何故，景区竟荒废下来。如今，掩映在一片绿林与荒草中的好汉山庄已被废弃。走进去，空寂的建筑、散落的物品与房上掉落下来的砖瓦，让这里显得寂寥与荒凉，如果不是建筑的存在及人们的述说，都没法想象，此前这里曾热闹与繁华过。

之后我又去了明星寺、石坟等地。初夏，我们穿梭于林中与荒野间，探访村内的一些古迹。穿越丛丛荒草时，感觉穿越的便是初生的荻草。这种酷似芦苇又与芒草很像，是让人傻傻分不清的植物，在荒山中漫山遍野都是，稍不留神，就会被它"割"上一"刀"。尤其在穿越一片古墓时，这种草更是给人带来一种时光交错的离愁别绪。这样想，便有种穿越古时谈阳的感觉。

无论是古庙，还是古墓，在为一个村庄增加神秘感的同时，也增加了一个村庄古老与悠远的气息。走完谈阳之后，我对这个村庄的认识，仍停留在它曾作为巡检司之地。尽管对于今人来说，巡检司只是一个地方的符号，或一段久远的记忆，但在古时，这种曾为人烟稀少的地方发挥作用的基层组织，也为一方百姓做出过应有的贡献！

龙川老街

　　一条老街总给人挥之不去的记忆，随着时光流逝，曾经熙熙攘攘的老街大多繁华不再，但老街里年代久远的建筑物仍然在现实生活中发出黯淡的光辉。位于龙川村的老街也如是，昔日繁华的老街已走向衰落，但在许多人的记忆里，老街的店铺、招牌、窗格、楼梯、青瓦，以及老街里的那些人、老街的吆喝声与磨得透亮的青石板仍在许多人的记忆里发光。

　　龙川村位于文成县县城西翼，面临四面峰，背靠眠牛岗，因村内有一条龙溪穿村而过，村前村后的山脉延伸似双龙盘旋，故得"龙川"之名。龙川是一个历史悠久的地方，村内人文史迹丰富。

　　龙川原属瑞安县嘉屿乡五十二都。赵氏为龙川大族，其先祖系宋太祖赵匡胤 12 世孙赵允夫，于南宋理宗嘉熙二年（1238）自东瓯迁居龙川。700 多年来，龙川文风蔚成，人才辈出。

　　龙川素有"水绕一村，文澜不竭；山屏四面，秀气常钟"之誉，境内有奇峰、怪岩、幽洞、古道、宋代石刻、古祠、古墓，明清古民居等自然景观与人文景观。历史上，作为瑞安县第五区的龙川，曾是丽水、瑞安、泰顺等市县交界处的商品货物集散中心。

　　龙川老街位于龙川村中。老街创建于明清时期,街道横跨龙川上、中、下三村，全长共有 400 余米，宽 2—3 米，原为块石铺设的路面，

龙川老街

几年前部分路面表层铺筑了水泥，由此街道失去了古韵。

　　街道两侧大多为江南传统商居两用木构楼房，一般下层前为商铺，后为灶间，上层做起居室。楼下商铺店堂板可上可卸，楼上临街木格窗棂可开可闭，一些讲究的商家还在店堂门面的柱头、雀替上雕刻花草鸟兽。老街上富商达官也不在少数，单从村民们随口叫的"旗杆邸""石门台""文元屋""三官邸"，便可知道这些老屋身价不凡。

　　如今这条曾兴盛于明清的繁华老街，已变得冷清寂静，原本长几百米的古朴街道，也因其间掺杂的新建筑变得支离破碎，而那些建于明清的古建筑则像一位智者从过去的时尚中适时而退，显得十分凝重。虽然老街已看不出往日的热闹，如果想要询问老街内的人与事，老人们就会侃侃而谈。

　　旧时龙川街是浙南西部地区的商品货物集散中心，街两旁主要有打银楼、灯笼店、弹棉花店、南北货店、"益寿堂"老字号药店及清

老街内民居

隆面馆、悦来酒店等。它的繁华远远胜过县城大峃镇。当时瑞安、泰
顺、丽水与文成交界的一些乡镇的商家都到龙川街进货，大峃、南田、
黄坦的乡民也都到龙川街购买生活用品。那时龙溪上设有多个埠头，
竹排运货可以一直撑到瑞安，老街尾段还有一条古道，上通下达，来
往十分方便。

　　抗战时，浙东第三临时中学，浙江省英士大学的财政、会计两个
专修科，省财政厅所办的教职员工子弟学校迁往龙川，也给龙川村
增加了历史色彩。

　　那时的龙川街人来人往，繁华热闹。而且老街旁有一条从龙溪

引进的水渠。居住于这里的村民，开门可汲水，临街可洗濯，生活用水十分方便。居民饮水都从渠道里汲取。为保护水源洁净，邻里坊间有个不成文的规定：早上是家家户户取饮用水的时间，不准在渠道里洗漱。这一约定俗成的用水习惯一直沿袭了几百年。直到村里安装自来水管道后，村民才不从渠里取水。

我曾不止一次地走进那些古朴的建筑与街边的石巷。从石门台到文元屋，一路走去，这些老屋虽历尽百年沧桑，但房梁上与门台上的木刻仍保存完整，建筑的雕饰雕工精细，上面的花草、人物、云纹、卷草图案都十分精美。

龙川街 110 号被村人称为石门台，房屋建于清朝，由于房屋年久失修，部分房屋已经倒塌，现院中仅保留着部分古建筑与一座水池。

文元屋是一座三进四合院。保存得相对完整，院内一进、二进、三进中堂分别悬挂有光绪二十八年（1902）"庆衍萱帏"、乾隆二十四年（1759）"齿德兼优"、乾隆三十二年（1767）"德比香山"的红底金字木匾。

抗战时期，杭州沦陷，为避战乱，浙江省财政厅、英士大学、盐务局、国民党三十三军团、浙东第三临时中学等机构陆续迁往龙川。

当时国民党三十三军团与部分机关人员曾在文元屋与石门台居住。

那时,不仅文元屋、石门台为避难机构提供了住处,龙川人民也为这些机构提供了力所能及的帮助。浙东第三临时中学迁往龙川时,初、高中新生各6个班,共12个班级。每个班分散到龙川当地各个祠堂内上课,学生约三四百人,教师有30余人,分别来自浙江省各沦陷区。当时大部分师生就住在龙川街166至182号的古民居内。

此建筑建于清咸丰年间,坐北朝南,由门厅、正屋及厢房组成合院式。门厅五开间,明间为通道,梢间166号店面为赵文星银楼,当时生意极为红火,是老街上一处招牌店铺。

民居房上瓦

虽然龙川仍有几座老建筑在原地散发着传统建筑的古朴韵味，但不得不面对的事实是，老街在渐渐消失。一位老人就担忧地说："现在龙川老街已经衰败了，再过几十年，随着老屋老化及一座座建筑的拆迁，老街恐怕就要消失了。"

的确，老街在渐渐消失，令人不舍的不仅有体现浙南传统营造技艺的古建筑，还有传统的店铺与招牌。如原位于龙川街117号的悦来酒店。此店铺是晚清时期的建筑，分两层，面阔三间，进深三间。底楼门窗外设货架摆放货物，内侧摆放桌椅置酒席，二楼供客人住宿。抗战时期，英士大学、浙东第三临时中学疏散到这里，龙川热闹非凡，因此悦来酒店的生意也非常兴隆，天天顾客盈门。如今，那些招牌都不复存在。

原位于龙川街194号的弹棉花店，也是清朝晚期的建筑，旧址建于块石垒砌的台基上，面阔五开间，二层。店铺二楼前檐底部外侧置有花板，前檐牛腿、檐檩等浮雕凤凰、牡丹、松树、戏曲人物等图案。该店在当时算是做工精细、工艺十分考究的建筑。清朝至民国时期，弹棉花生意非常红火，店主收入颇丰。现此建筑已被拆除。

此外，老街上消失的还有裁缝店、药铺、打银店、灯笼店、糖果店等一些老招牌。站在老街内看着所剩不长的一段街道，在人们的叙述里，也仅能追寻到老街的一些旧影，随着时代变迁，多年以后，这些旧址可能也将不复存在。

而老街从此也成了人们记忆中的一条老街。

珊溪老街

　　珊溪是一个古镇，历来名称多变，从都到溪几经变化。明、清及民国初属瑞安县义翔乡、嘉义乡五十五都。1930年称嘉义区杉溪里。1948年划归文成县管辖后改称珊溪。现为国家重点工程珊溪水利枢纽工程所在地、革命老区镇。境内山清水秀、风光绮丽，自然景观与人文景观相得益彰。

珊溪老街

雨中的房檐

　　一个地方有历史就会有生命，有生命就会热闹，珊溪的热闹一度在繁华的老街。

　　老街横贯珊溪街头村与街尾村。多年前的一个冬日下午，我曾端着相机由南至北完整地走了一回。冬天的老街十分萧条，唯一繁华的地方是老街里的打铁铺，师傅不时从炉火里取出烧红的铁器敲打，人们经过时，听到里面发出"叮当，叮当"铿锵有力的敲击声，那声音似乎一下子能将人敲回去几百年。而老街内的那些老房子由于年代久远，已破败不堪，在冬日的阳光下显得十分落寞。那次是一个人走老街，匆匆地浏览了一遍就离开了。

　　后来我又去了一次，这次是一群人走老街。由于是雨天，房檐上淅沥沥滴落的雨声与我们踢踏踢踏的脚步声一唱一和，不仅为老街增添了生气，也让它变得明丽起来。

　　我们从街尾村开始走起，边走边谈起老街的历史。过去老街是热闹与繁华的。那时，老街是一条狭窄的街道，长有千余米，宽约两米，狭窄的路面上铺的是鹅卵石，时常有小孩光着脚在鹅卵石路上狂奔。街道两侧大多为二层木构建筑，底层辟为店铺，二楼居民自住。

曾生活在老街上的人，还能回忆起当时老街的情形，他们说，当年，老街埠头段最为繁华。街尾村由于是飞云江珊溪段埠头地，船只来往汇集此处，十分热闹。街道两边开满了店铺，有药店、弹棉花店、打铁店、雨伞店、染布店等，经营着各式各样的商品。方圆几十里的村民均来老街购买生活用品，老街内人来人往，热闹非凡。

我未见过老街的热闹，仅能从人们的叙述里想象着老街的繁华，似乎能从那一排排的房子里听到交易商品声与孩童们的欢笑声，以及夏日的夜晚，人们在门前屋后乘凉时的说话声与摇扇声。

如今我们看到的老街，历尽沧桑后已难现往日的繁华。街内房屋新旧交错，参差不齐。尤其是 1969 年的一场大火，让老街损失惨重，共烧毁一百多间房屋，此后居民便在旧址上建起了新房，而这些后建的房屋与旧屋相比显得格格不入。

如今那些留下来的老房子、老店铺多已失去原来的商贸功能，大多已空置，部分用于出租与办家庭作坊，而原来的鹅卵石路面也拓宽改成了水泥路，失去了原有的古朴。

在老街众多的房子中，有一处房屋虽剩下半堵墙，仍显得与众不同。原老街内的老屋基本为木结构，此墙却为水泥结构，门窗为西洋式结构。如今还能看见门台与窗户上雕刻的花卉与动物，雕工细致灵动。此房为"罗茂盛"家的小洋楼。

罗茂盛是罗德温的店号名称。罗德温，原瑞安县五十五都杉溪岩坦头（现珊溪街头村）人，在街头村首开了杂货店，贩卖煤油、石灰等，同时也收购山货运到瑞安去卖，后来形成一定规模，店号取名为"罗茂盛"。

台阶上的打铁铺

    当年此店号在老街是个响当当的称呼。罗德温与刘振丰、夏裕春都属老街有名的经营者，他们为老街的繁华唱尽了精彩。罗德温在瑞安、泰顺还开有分店，因而名气越来越大，在当地一提起"罗茂盛"，几乎家喻户晓，他对当时的珊溪经济发展起到了巨大的推动作用。1909年罗德温去世，他的妻子带领儿子于1919年在街头村盖起了六间洋房，门墙用混合了意大利水泥、白石灰、石英子的水门汀建成。这是当地第一家水泥洋房。

    当年，房屋大门上刻有双狮戏球图案和"罗茂盛"三字，房顶上有七个花瓶形状的装饰，工艺巧夺天工，豪华壮观。民国时期，国民党曾占用此楼作为临时办公处，后此建筑多次遭到破坏，如今小洋房仅剩下半堵水门汀门墙。

来来回回走完老街中那条古朴的街道后，我们只能感叹，一条老街如今繁华落尽，留给后人的是几度沧桑几度哀愁。人们再回忆老街时，也只能用"当年，当年"或"那时，那时"来形容它曾经的热闹与繁华了！就像一出大戏，再精彩也是要谢幕的！人们也只有在记忆里回忆它的曾经了。

青云梯上

山中的景致，最美要数雨后，尤其微雨刚歇时，羽裳似的雾，便如诗画般在山间弥漫。县城周边，给我印象深刻的地方，要数岩庵。

岩庵位于县城东北 2500 米外的云峰山悬崖上，因大雄宝殿建在白云洞口的绝壁悬岩下而得名，山上时有白云缭绕，故又名白云庵。每当雨季来临，眺望岩庵，雾霭便像帷幔一样，在山间层层拉起，随即滚动起来，似水般在山间流淌，待雾悄悄散去，远山在青黛中泛出明媚的绿意。随即，那些建在悬崖之上谜一样的宫殿便在绿意中呈现出来，海市蜃楼一般，十分梦幻。

岩庵所在的云峰山介于东岩山与螺尖山之间，峰下怪石林立，险峻异常。岩庵始建年代不详，现庵中遗留的十多块石碑中，年代最早的一块是明永乐十五年（1417）刻制的，碑文记载:施主金霖有山一座，土名岩山，献于庵中，助僧人住持食用之事，保留吕纯阳《题岩庵》诗残碑一块，诗曰:

山中楼阁倚云端，极目烟霞万里看。

法鼓应雷通世界，燃灯映月照蒲团。

风吹涧草三春暖，水溅岩花六月寒。

唯有紫微星一点，夜深长挂石栏杆。

诗中可看到岩庵的风貌。岩庵风景，以"险""奇"著称，如青云峰和十八拐。从云峰亭至十八拐共七百五十多级台阶，全用条石铺成，又高又陡，名为青云梯，使人有步上青云之感。青云梯是岩庵的重要景点之一，许多游客去岩庵，必去青云梯体验一下此处的惊险。道光时进士、翰林院编修孙锵鸣游青云梯时，曾留下诗作：

雨后岩庵岭远景

路向岩心曲曲穿，忽惊楼阁涌诸天。

此身疑伴闲云宿，终夜长挂石栏杆。

　　此诗再现了青云梯的奇特与惊险，现此处的石碑上还刻有"路向岩心曲曲穿"的字样。

　　更险的是十八拐。十八拐修建在两座垂直的岩壁之间，两端相距不到十米，石阶即在两石壁之间迂回折转，盘旋而上。二百多级的石阶上，共有十八个转弯处，上下落差高达数十米。攀登时，有种先行者立在头上、后行者立在脚下之感，上下观望令人胆战心惊、头晕目眩，有种稍有不慎便会跌落下来的风险。因此，攀登此处时，中途很少有人在此逗留。

　　岩庵的奇特之处还在于景观迥异，名胜有晴雨潭、双石烛、滴水岩廊、仙人床、石门关等自然景观，以及云江亭、怡然亭、双枫亭等人文景观。

　　较早建筑的岩庵大雄宝殿，便在千仞悬岩下白云洞内岩壁上，屋上悬岩数十丈，有清泉一股，直泻檐前，昼夜水声潺潺，终年不竭。殿前坛下有一小池，泉水流入，叮咚有声，殿前经年水汽弥漫，似烟雾迷蒙，阳光照射，时现彩虹。庵前翠竹绿树，林中鸟语花香、幽静雅洁，俨然仙境。

双石烛紧邻青云梯，两根石柱高数十丈，大可十余人合抱，柱顶长着奇花异草，像戴着一顶彩色花冠，日照柱顶灼灼闪光，有佳景天成的感觉。滴水岩廊在地藏王庙与真君庙之间，岩廊是个岩凹，仅有数十步宽，人过此处，像走在岩廊之下。怪就怪在，石径上从未见过水流，但岩下终年滴水，水清甘冽，暑天进此岩廊，凉风习习，让人有种神清气爽之感。仙人床在观音殿右首龙首岩与石门关之间，有一岩凹，形似一床，乡人便呼此为"仙人床"，说古时有仙人驻此修性炼丹。

岩庵景点众多，不仅有奇峰怪石突兀峥嵘，登高，还可俯瞰县城。站在山顶，视线之内，但见远山似黛，泗溪蜿蜒曲折，街道房屋宛在画中，无论晴雨，如诗般的风光总是令人欣喜！

岩庵岭还是元明时期修建的古道。古道上通里阳，下达大峃、玉壶。道上植被丰茂、树木遮天，植于元明时期的枫香树有八十棵，为文成观赏性红枫古道之一。待到深秋，前来赏枫的游人络绎不绝。

因离县城较近，闲暇时，我与友人也常去岩庵岭走走。枫红季节，更是去得频繁。

每次去岩庵，我喜欢从坪头村出发。从村头，踏着古道的台阶走不多远，就看到几棵古枫。这些经历几百年风吹雨打的枫树，模样奇特，姿态各异。当错落有致的枫叶在微风里摇曳时，更是像无数只彩蝶在空中飞舞，令人赏心悦目！

每每深秋，走在这条元明时期修建的古道上，满目便是"霜叶红于二月花"那炽烈而艳丽的红叶。尤其午后的阳光下，枫叶在光影的照射下，色彩明艳。当阳光透过树叶，在古道上投下斑驳陆离的阴影时，古道显得更是温婉、柔和！

沿着古道走，沿途不仅有红枫，两侧还有风光旖旎的田野、郁郁

古道上的落叶

岩崦岭古道旁的植物

岩庵岭古道

葱葱的树林。在阡陌纵横的田间与林子里，不时会看到一串串、一簇簇的野果。冬日的午后，那些色彩鲜艳的果子，格外诱人。下首的路走到尽头，便来到通往玉壶的隧道口，隧道边上有一石径，连接着岩庵岭上首的古道。

上首古道上的枫树因在高处，一片片，红得绮丽多彩、灿烂如锦，随着山道的弯曲盘旋，像一条赤色巨龙在山间滚动、腾飞。如洗的晴空下，红叶与蓝天相映生辉。

沿途在山间还会看到一条水流，泉水终年不绝，流水从高处跌下，在山坳间形成一湾瀑布。深秋，红叶在风中摇曳，水流与鸟雀在山间和鸣，奏出一曲淳朴优美的旋律，甚是动人。

某次去，走得累了，我找了一根青竹作拐杖。途中遇到两人，看见我手中的拐杖，顿时叫了一声："洪七公！"我笑称："应叫帮主。"其中一人急忙接道："帮主好！"如今想来仍觉趣味盎然。

岩庵，一个令人心旷神怡的去处，每每去，每每流连忘返！

镜子与寨山

某天看了卡罗尔的一篇短篇小说《镜子》，里面写了一对夫妻，像那些戒烟、戒酒、戒色的人一样，戒了镜子，多年来家中任何一个地方都找不到一面镜子。一天，他们在一家餐厅就餐时，竟在墙上的镜中看到了自己。许久不照镜子，女主人对镜中人感到陌生，她并没有像那些移居国外的人忘记自己的语言一样忘记自己，随即她对镜中的自己笑了起来，并敬了一个礼。由此，我却奇怪地想到了寨山。

寨山与《镜子》看似风马牛不相及，却有相似之处。不久前，玉潭老师打算写一写寨山，便向周边朋友打探寨山。不问还好，相问之下，许多人竟被问蒙了，不知寨山位于何处，一说千秋塔，众人才恍悟，发现眼皮底下的景色竟如此陌生！生活中，当熟悉的事物被忽视后，便会生出此种感觉。这种生疏，就像在街上偶遇某个熟人，致意时，却发现无论如何都想不起对方的名字一样。

此刻，寨山就像那面镜子一样，你无视它，它便无视你。如若能够照见，又会从镜中认出自己。

我对寨山的记忆也像照镜子一样，要回到多年前，那是一个下着细雨的冬日午后，我第一次踏进这个小城。进入城口，远远就看见矗立在山顶上的塔。在烟雨迷蒙的水汽中，塔身如擎天一柱，直入云霄，古朴雄浑中给人以力量之美。在众多的建筑里，我总觉得这种

雪中的千秋塔

建筑充满着神秘，对这种建筑有着来自文艺作品里的奇异印象。无论塔里藏着佛经、佛骨，还是有个神秘的敲钟人，抑或塔下压着妖怪，都给这种建筑增添了不可捉摸与未知的神秘。

所见便是千秋塔，位于寨山顶上。文成是个多山的地方，县城也在重山包围之中。寨山是唯一的城中之山。寨山山体不高，横亘百余米，顶部是一个平坦的小平地，像个祭坛一样。就是这么一个百余米的城中山，六百多年前，曾是聚众抗元的吴成七反抗朝廷的众多分寨之一。

吴成七，黄坦人。相传，吴成七从小就拜石鼓僧为师，刀枪棍棒，件件精通。早年，他从事耕作，兼贩私盐。元至正十三年（1353）春，在瑞邑五十四都埠头售贩私盐，因当地盐霸横行，他一怒之下，拳毙盐霸，被诬为"谋反"。吴成七逃回黄坦，相约各方穷苦弟兄，揭竿反元。先在黄羊毛弯围栅驿营议事，又分别在北向辟建两座通黄坦咽喉的大寨，后在近县边界建天狗、水盘、水牯、白羊、牛头等五寨，百姓纷纷响应，起义队伍很快发展到上万人。次年他被推为首领，自号"吴王"，以金山为总寨，翼以七营，列寨百余，寨与寨首尾连络。寨山便是其前哨寨之一。

旧时，前哨作为军队驻扎时前线警戒部队，对战事起着重要作用。一旦有敌来犯，前哨便可及时通报敌情。

寨山虽为山，却不高大，也不险峻，四周绿植环绕，乍一看，倒像北方的丘陵。因起伏不大，坡度低缓，实在看不出有巍峨之感。攀登时，只消一会儿工夫，便可到达寨山顶端。寨山虽不高大雄伟，因紧邻公路与泗溪河，又是周边盆地之中的制高点，在旧时人烟稀少、一马平川的地方，可作为观察瞭望的高地。

站在寨山顶端，放眼望去，方圆百里的景象，也能尽收眼底。彼时寨顶有哨兵把守，便于守卫与通风报信，故取"寨山"之名。尽

泗溪白鹭　余峰摄

雾中的泗溪河

管几年后，吴成七因兵败而亡，但寨山一名一直沿用至今。

寨山前临泗溪河，后接珊门村。如想攀登，由泗溪河或珊门村均可登顶。站在寨山顶端，近可俯瞰县城全貌与蜿蜒的泗溪河，远可观看苍茫的天空与起伏的群山。

由于山上四季常青，风景优美。1993 年旅意华侨胡奶孙女士出资，在山背上兴建了千秋塔。塔高七层，为砖混钢筋混凝土结构，塔上塑有佛像，塔身檐角都挂有悬铃，风吹铃动，声音悠扬清脆，如袅袅梵音，细听有一种空灵之感。

千秋塔的历史虽然不长，但对年轻一代来说，仍是一座地标性建筑。无论进城、出城，都能看到它立在高高的寨山顶上，迎来送往，即便茶余饭后闲逛时，一举头便可望见它。无论风里雨里，清晨黄昏，抑或是水波映照的灯影里，它都像一位佳人一样，遗世独立。久而久之，它不再像一座建筑，倒像是一位你所熟悉的人一样，见之亲切，远之思念。

对于寨山，人们似乎遗忘了它的曾经过往。但若将它遗弃，却又不舍。几年前曾有委员提议移掉寨山，引起强烈反响。人们反对移山，是觉得寨山是一个地方的记忆。一座城市如果缺少了记忆，如同缺少了灵魂。后寨山被改建成公园，千秋塔经过了一番美化后，变得纤细而白皙。乍一看，倒没有当初看它时的那种威严与凌厉之感，而像一个久经沉淀的人，变得温婉宜人起来。白天，寨山是休闲娱乐的场所。夜晚，寨山上亮着银色灯光的塔则像岛上的灯塔一样，为迷途的人领航，照亮前进的航道。

经过多次改建后的寨山公园前后均有上山之路。但我较喜欢怀旧，每次攀登，常边走边想，我多么怀念去塔顶的老路，那是一条蜿蜒于田间、山边、青青的草丛中，犹如一条不成形的黄色飘带中的路；那是一条有着历史烙印，有着野趣，能尽情呼吸自然空气登山的路。

三滩，温州中学

我对三滩的印象，源于 2006 年那场笔会。当时，几位文友带我参观了三滩水口一座木廊桥。那是一座红色的、带着廊檐的桥，隐在青葱的山间，它的形状和色彩在山水空灵的三滩颇像一个梦，与周边的环境融为一体。那时，我觉得廊桥是世界上最美的桥，感觉那样的桥，都该有一个美丽的故事，像《廊桥遗梦》那样。

多年后才发现，三滩有故事的不仅仅是一座桥，而是整个村子。村内的古寺、古桥、古祠串起来，都是故事。战乱时期，三滩还曾是浙江省立温州中学分部所在地。这个故事有着战火硝烟下的无奈。

温州中学创办于光绪二十八年（1902），初名温州府属中山书院，后由国学大师、教育家孙诒让商请温处道童兆蓉和温州知府王琛，将书院改为温州府学堂。后又历经浙江省立第十中学、浙江省立温州中学等时期。温州中学分部隐于三滩，还要回到那个烽火四起的年代。

1939—1945 年间，温州三次沦陷。炮火下，温州中学校舍损毁严重，学校被迫多次迁移，先后在青田和泰顺等地办学。1944 年 8月，是温州第三次沦陷，温州中学迫不得已，再次远离城区进山避难。当年师生兵分两路，一路向泰顺莒江迁移，一路向文成南田迁移。

南田虽地处高山，交通闭塞，却是个风光秀丽、人文底蕴深厚的地方。抗战时期的南田，成为安全的大后方。从 1942 年起，陆续有各类省级单位迁往此处避难，先后有浙江省立临时联合高级中学、浙江省图书馆、浙江省高等法院、浙江省税务局迁往。温州中学分部迁往南田时，在省级单位林立的情况下，一时很难寻到合适场地，只好迁到距离南田仅三五里的三滩。

三滩位于南田境内，是一个古村。村名来历一直有两种说法，一种说法是该地有三座山，形似三只象的鼻子，伸向村前的沙滩上，取名三象滩，简称三滩；另一种说法是因三条溪坑在此地汇集后，形成较平、较宽的溪滩，故名三滩。不管怎样，带着数字的地名就像带着数字的人名一样，总让人容易记住一些。

三滩民居

位于三滩村口的元坦庙，便是抗战时期温州中学分部所在地。元坦庙为清代建筑，内设戏台、正殿、厢房。木结构的歇山顶式殿堂飞檐斗拱、穿斗抬梁，梁上的彩绘戏曲人物图案，精美无比。现庙门口还立有浙江省立温州中学分部旧址碑一块。

当年温州中学本部高中、初中 12 个班师生 750 人沿水路迁往泰顺莒江村；分部初中 6 个班 240 余名师生，从青田水南迁到三滩。那时三滩只有 20 余座民房、60 来户人家，村民约 300 人，温州中学分部师生却有 240 余人。一下要安排这么多人，村里可用的地方都利用了起来。教室设在庙宇、祠堂和民房里。村口的元坦庙正厅和两厢修成三个教室，殿后的祠堂安排一个教室，还有两个教室安排在租用的一座民房里。元坦庙小天井作为全校师生的礼堂，溪边的草坪被辟为运动场。当时，村子里每天都回荡着学生的琅琅书声；清晨，溪畔、田边常看到三五成群的学生在学习。一个山乡小村一下就热闹起来。

村民们看到的是繁华与热闹，而温州中学在三滩的办学历程却很艰难。师生上课无课本；平时吃的是青菜豆腐，点的是煤油灯。虽处战乱时期，但学校课程开设齐全。没课本，老师上课全靠讲义，备课是一件艰辛的事，要为此花几倍的时间。学生学得也很辛苦，上课要做大量笔记，才能记下重要内容，便于课后温故而知新。但战争年代，师生们不得不在深山里度过最艰难的岁月。

最难的是，学校一分为二后，大部分老师留在本部，三滩分部很缺老师。莒江与三滩两地相距 30 千米，山重水复，交通十分不便。为了不耽误学生学业，有时浙江省立临时联合高级中学的老师也来三滩兼教历史、英语、物理、化学等课程。这样才缓解了温州中学分部的教师之荒。

除学习外，师生平时还积极参与各种抗日救亡宣传活动，发出抗日救亡的声音，激发民众抗日爱国情怀。

三滩廊桥

温州中学分部在三滩的艰苦教学坚持了一年，至 1945 年抗战胜利，才于当年九月由三滩迁回温州。随着学校的撤离，山乡小村又恢复了它原来的沉寂，但却留下一段特殊时期的记忆。

一个春日的下午，我与朋友再次去了三滩。去看了多年前那座令我印象深刻的廊桥，看了古寺、古桥、古祠，最后停留在温州中学分部的旧址。庙里的廊柱、戏台、天井、梁上的彩绘似乎都带着记忆，向我们述说着它的过往。

走出庙门，元坦庙在绿树映衬下，显得有些神秘。庙前是一条小溪，上有一条古朴简洁的石板桥，桥上长满了荒草，因荒废，已成断桥。

石板桥的一侧修有新桥，供行人通行。庙的右侧是良田与起伏的丘陵坡地，那里绿荫丛丛，草木带着春日的明媚。红色的廊桥隐在山的另一边，想看它，须得转到山那边。看它的过程，就像又读了一遍《在山的那边》，并对那边怀着一份畅想。

廊桥一边的丛林中有护国禅寺，穿行时，林中鸟声与水流声在耳边如乐般奏起，让人心生陶醉！环境是难得的优美与恬淡。如果不是战乱，很难让人将温州中学与此处联系在一起。如若不是烽火时期，当年在三滩工作与求学的师生，也会有另一番不同的收获与感触吧！

烽火中的浙东三临中

多年前，赵祝炎老师曾在一篇文章中写道："一九四一年残冬，沉寂的龙川，在一则令人振奋的新闻中炸开了：省里派督学钟士杰来村筹办中学，供沦陷区撤出的学生继续学习。接着，村头巷尾出现陌生的年轻人，而且人数与日俱增。"这段颇似小说风格的描写，让人感到好奇。文中描述的就是抗战时期的浙东第三临时中学（简称三临中）。

像在历史上留下一些深刻印象的南迁学校一样，浙东三临中也给龙川乃至文成人留下一段难忘的记忆。赵老师的这段描写也给我留下深刻的记忆。我也曾多次前往龙川，寻找龙川昔日记忆及三临中在此留下的痕迹。

每次去龙川，我都要去老街走走。龙川老街创建于明清时期，旧时是丽水、瑞安、泰顺等市县交界处的商品货物集散中心，曾经非常繁华。随着时光流逝，如今老街已繁华不再，但老街里年代久远的建筑物依然在现实生活中发出黯淡的光辉。每次去老街，我也必去龙川街166至182号院里转转，这是一座建于清咸丰年间合院式结构的房子，建筑上的木构雕工极其精美。当年，建筑外是店铺，166号曾是赵文星银楼的店面，一度生意非常红火。建筑内便是三临中师生宿舍旧址。站在院中，脑中不断浮现出当年师生们上下学时川流不息的画面。

追忆三临中，还得回到那不堪回首的年代。1937年淞沪会战爆发，杭州也危在旦夕，为了保留教育火种，浙江省政府做出学校外迁的决定。一边是战火隆隆，一边是学校向偏远山区迁移。为了收容失学失业的青少年，除了学校外迁，教育厅还在浙西、浙东设置战区临时学校。三临中就是在此情况下设立的。

原计划三临中设在徐村。办学需要校舍，考察中发现，徐村可用作教学的房舍不多，后改择龙川。龙川是一个历史悠久、风光秀丽的地方。村内古民居、古祠众多。这些民居与祠堂为办学提供了有利场所。

经过半年筹备，三临中在龙川诞生了，并于1942年9月正式开课。由于是特殊时期的学校，三临中规模不大，设有初高中共11个班，学生450余人，就读的学生大多来自绍兴、诸暨战区。为了能让本地学生入学，1943年起，学校在优先招收敌占区后撤的学生后，按照成绩高低招收本地公费和自费学生。这不仅能使在战乱中疏散的学生安全上学，也为本地青少年提供就近入学的机会。当年，当地学生若能入读三临中，全家会感到非常荣耀。

当时三临中校舍与办公场所设在龙川村中的六份祠、象贤祠、积善祠、二房祠堂、猪头爿各祠堂内。学校还给上述祠堂起了个官名。分别叫"校部""膳厅""智斋""仁斋""勇斋"。这样叫起来不仅朗朗上口，人们也能记住各个祠堂的功能。另外，校医室和女生宿舍设在七份祠，男生宿舍设在外房祠堂及文昌阁。运动场租用的是农田，教学场地与设备也都极其简陋。

三临中第一任校长是温州中学教务主任陈骁。任教老师除部分来自绍兴、诸暨一带外，大部分是来自温州教学经验丰富的老师，如陈雁迅、游任迹、王季思等。

三临中师生宿舍旧址　吴海红提供

　　尽管物质条件差、生活清苦，教师们工作却非常积极。王季思老师一家住在一间破旧的危房里。他住的房间里，抬头见瓦，楼梯走起来摇摇晃晃，稍不注意，就有从楼梯跌下来的危险，过着常有断粮之危的日子。但他仍担任了两个班的国文课的教学任务，不时还给学生开文学讲座，并利用假期去温师讲学！

　　一面是隆隆炮声，一面是琅琅书声。在日军铁蹄践踏国土的耻辱之时，这些在迁徙中设置的战区临时学校，不仅收容了失学失业青少年，还为他们在烽火岁月中摆下一张宁静的书桌。这种境况也让来自各地的学生感觉学习机会来之不易。彼时在龙川，无论清晨，还是黄昏，都能在田间、地头、溪畔、民居、祠堂内看到勤奋读书的学生。战火中，学子们勤奋学习的画面更是令人触动！

　　尽管我未亲历过那段岁月，遥想当年，眼前便呈现一幅令人伤感的画面，一面是国难当头，一面是孜孜求学。尽管处在危难中，但师生们没有忘记国家安危。学校在教授文化课的同时，也教授军事知识，还经常开展抗日宣传，进行文艺演出活动。一些来自沦陷区的同学表示，毕业后一定投笔从戎。三临中在纷飞战火中迎来送往，从 1943 到 1945 年，三临中共毕业 350 余人。其间，为响应国家"十万青年十万军，一寸山河一滴血"的号召，三临中的许多学生报名参军。

1945 年 8 月，抗战结束，三临中于 1946 年归并到温州中学。仅留下六个初中班的温州中学分部。教学又持续了一年，第二年，温州中学分部也撤销了，至此三临中完成了它的历史使命。随着最后一个机构的撤离，龙川又恢复了它原来的沉寂。

后来，在寻找资料时，我曾无意中看到一张三临中的毕业证书。证书的主人是一位来自诸暨的女学生，当年就读于三临中初中部，毕业于 1944 年，证书上印有孙中山头像及女学生照片。一张来自战争年代的毕业证书背后，又有着怎样的故事，不禁令人沉思。

毕业证书

　　最近几年，我也一次次走进龙川。每次去，都会听到龙川人的感叹：以前的龙川，那街，那流水，那些古建筑很有丽江的风范。听着他们的话，我似乎也能想象当初龙川柔软而又美好的时光。但是，后来再去，心情都比前一次沉重，老街里的东西在一点一点消失，尤其是三临中师生宿舍旧址，一次比一次沧桑与破败。如果不是门口悬挂的那块"浙东第三临时中学师生宿舍旧址"的牌子，人们无法将它与昔日的热闹联系起来。除此之外，当年三临中所在的祠堂、民房大多已拆迁改建，就连文昌阁也仅剩下一片荒芜的地基，踏在那条通往文昌阁的长满青草的石阶上，感觉心里也是一片空落落的。

　　如今走在龙川街里，看着为数不多的遗迹古物，常有一种恍如隔世、怅然若失的感觉！

时间、记忆里的文瑞大路

我一直认为文瑞大路便是文瑞公路，实则，前者是一条古道，后者是于新中国成立之后新修的交通要道。当要去写时，又有些发蒙，不知它由哪儿起始，又到哪儿结束。

文成是个山区县，县城大峃地处深山，旧时交通运输很不方便，去往瑞安、温州市区方向，除至峃口可通竹筏外，出行靠走路，运输全靠肩挑背驮。

过去的路也不像如今这样四通八达。人们从大峃往瑞安、温州市区一带方向出行，主要有水、陆两条路。

水路是撑竹筏由大峃沿泗溪直达峃口。在峃口渡口换篷船通往瑞安或温州市区。

陆路是由大峃镇出城，经樟岭、和尚垟、雷坑、桥坑、西垟、半岭至峃口鱼局。再由鱼局摆渡到对岸，经大垟培至大垟口通营前、瑞城。这便是人们口中所说的文瑞大路。而文瑞大路也是后期人们为了分辨道路才兴起的一种叫法。

此路是 1958 年文瑞公路建成之前，文成至瑞安的一条道路，全长 70 千米。文成段从大峃镇泗洲桥出城，经樟台、鱼局，与泰文瑞古道连接到大垟口，入瑞安境，路宽 1.5 米左右，全长 15 千米。沿途多陡坡峻岭，其中鱼局岭为最长，长 2.5 千米。古时，北通青田、南通平阳、西通泰顺、东通瑞安，地位适中，被视为要道。

明嘉靖二十六年（1547）在樟岭建城堡。城堡建成后，明朝在此设"铺"，一种类似于军事防御设施的组织。清朝在此设"汛"，即在城堡设置驻防巡逻队，保一方百姓平安。

大峃位于飞云江支流泗溪南岸，四面环山，是个面积仅有3平方千米的小盆地。建县后为县、镇两级政府驻地，也是全县政治、经济、文化中心。文成虽建县时间较迟，但近年已发展成为浙南山区一个新兴的小城镇。

大峃古时由古沙洲开辟，当时泗水与龙溪挟流沙洲左右，夏秋洪水暴涨，沙洲便成泽国，故在唐朝以前，沙洲还是个荆棘纵横、芦苇丛生，尚无人居住的荒地。五代时，有福建林氏来此开荒，渐有人居住，并渐繁荣起来。

乾隆元年（1736），瑞安曾在此设大峃巡检司。因其地处于青田、平阳、泰顺三地夹缝之中，易藏奸匪，故设巡检司以镇压之。管辖范围为：瑞安平阳坑以上、珊溪以下的嘉屿，义翔二乡八都，即四十八都至五十五都。

从乾隆二十七年（1762）潘淳首任大峃巡检起，到乾隆六十年（1795）孟裕任大峃巡检，至嘉庆十三年（1808）。大峃前后共经历了六任巡检。

孟裕是在任时间较长并有建树的一位巡检。孟裕莅任后，目睹沙洲人民受洪水威胁，在嘉庆初年捐俸倡建拦水堤坝，截水建成长一百二十八丈，高七尺余的孟潭埭。又领导各村人民填潭开滩，形成苔湖垟、桥头垟、下冈垟、驮湖垟千亩良田。人民免受洪水之灾得以安居乐业，村落随之集中，街道商业相继发展起来。随着人员集聚，商贸发展，人员往来不断，人们出城与进城，渐至热闹起来。

那时出城，人们从大峃泗洲桥出城。泗洲桥位于大峃镇林店尾。

长二十余米。因桥头原有一座"泗洲大士"庙，桥以庙得名。此桥建于清道光年间（1821—1850），1937年重修，为两孔石台石拱桥，是大峃通往樟台的人行桥。

旧时文瑞大路是人们从县城出发，除水路之外，必走的一条乡间大路。过去该路经瑞安塔石岭、瓯海桐岭，或过瑞安城，改乘内河轮船可抵温州市区。现在一小时可到达的温州城，过去走路加乘船要用两天的时间方能到达。即便从大峃出城口到峃口，疾走也要一两个小时。

平时，我不喜走路，是因某年得了一种要命的运动反应。一旦疾走或奔跑，四肢便奇痒难忍，每每发病，想死的心都有。三番五次查不出原因，医生告之：慢行，慎跑！这叫什么话！但我果真听了医嘱，从此不再跑步、疾走，路走得少了，便养了个懒病！

对这种长时间跋山涉水的行程，我感到十分恐惧！倘若要我走，感觉要了命一样。但旧时人们就是这么走过来的。为寻此路，我也多次前往樟台与峃口，寻找此路遗留的痕迹以及在人们心中的记忆。

出县城便进入樟台樟岭地界，当时樟岭是去文瑞大路的必经之路。过去，人们便是沿着樟岭走出深山的。樟岭原为象岭。因村前有一小丘，出门要走十多步山岭，定名"上岭"，后改名"象岭"，之后一度和樟龙村合并，改为"樟岭"，沿用至今。

樟岭位于新56省道公路边，现在由瑞文公路方向来文成，沿泗溪河走，在快进入文成县城时，便能看到此村。

原文瑞大路便由此村通过，现村口处还有一处古建筑。此建筑远看并不起眼，走近之后，才发现，建筑只有几十米的石墙与石门，墙体由大小不一的石块砌成，古朴且具有历史感。石墙旁边有一条古道，通往村子，也可通往文瑞大路。因少有人留意，很少有外人知道它的历史。倘向村民打听，他们便会告诉你，这便是樟岭古城堡遗址。

樟岭城堡

此遗址也是文瑞大路上留下的最古老的文化遗迹。

　　樟岭地处泗溪河北岸。泗溪河是文成境内除飞云江外流域和集雨面积最广、流程最长、支流最多的溪流，四季水流不断。汛期，水势很大。尤其在孟裕治水之前，水势更是不敢想象。旧时，樟台仅靠溪边小山丘阻挡洪水，遇特大洪水，仍不免于水患。加上地处偏僻，村民常受野寇侵扰，民无以宁，有寇来犯，便人心惶惶。

　　明朝时期，民众便奏请朝廷，准筑堡城，用于防水与维护安全。明嘉靖十九年（1540）准予筑城，二十五年（1546）始领部命筑城堡，在樟岭北山麓建城。城堡由块石砌筑，长五百丈，高二丈一尺，厚一丈，有东西南北四门。因城堡奉王命而建成，设汛员坐镇，取名为将领。当年，峃口古城堡因仅建了一半，民间俗称峃口为"半爿城墙"，另半爿便是樟岭村的城堡。

　　樟岭陈氏族谱里亦有《将领建筑堡城记》，文中写道："稽我祖宋卜居峃川将领，基址崎峨，日深岩岩之惧，泉源壅塞，时切泛泛之悲，历元至明，野寇扰攘，民无以宁，念君门万里，争无可告。兹当嘉靖庚子年，谋诸族众，捐资越省欲部饬，筑斯堡城以为一族之障也……"当年，樟岭陈氏为建城堡出了不少人力，也曾耗费大量物力、财力。尽管所建城堡规模不大，但它的建成，也为一方百姓带来了和谐与安宁。再遇水患与敌寇时，住在城中的人，不会再像此前那样终日惶惶不安了。

后城堡多次遭到拆除，北门毁于1976年。当年，村民为建房屋，拆古城堡北门上下首城墙300丈，留东西二门200余丈。当时城西后垄坳有洗马池，后垄村尚保存有喂马石槽，均为明代古物古迹。1992年因建村公路，城堡西门又被拆。东门毁于何时没有详细记载。如今，城堡四门毁了三个。

历时470余年后，而今樟岭古城也仅余下80余米城墙，以及保留下来的南城门。

南城门建于1547年，由花岗岩块石砌筑，城门宽2米，高2.9米，原城门上方平铺三根条石，现三根条石也滑落两条，仅剩的一处石条上缠绕着圆盖阴石蕨的藤叶。形状飘逸的石蕨叶多少给这道城门带来了一些生机。

由城门可进入城墙内部。走进去，通道内可容两人并排通行，城堡因废弃多年，城墙上生长着绿植，通道内则堆放着铁皮桶、汽车轮胎、废铁皮及一些枯枝败叶。因一条道不能走到头，也无法探到城墙内部还有些什么设施。但它的存在，却是明时村民抵抗山寇侵扰、拼死抵抗的历史见证。

沿着城墙边的小路往村里走，可看到由块石垒砌的城墙外观。城墙并不太高，高处不过3.7米左右，与古都那些十多米的古城墙相比，差之甚远。但有了城墙，城内城外还是有一些区别的，至少，住在城内的人生活相对安稳了许多。

如今走进樟台村，年龄稍大的村民还能回忆起过去樟岭城热闹的场景。人们说，过去城堡内居住七八十户人家，1000多人口。过去樟台家家栽杏，春季，杏花满城；夏季，果实累累，丰收的果实也成为当地特产，为当地村民增加了收入。

人们还记得城堡未拆除前的场景，那时村里有什么热闹事，或婚丧嫁娶，人们纷纷爬上城墙观看。夏季，人们坐在城墙上乘凉，其他季节则登高望远。平日里，小孩子们则围着城墙，城里城外地奔跑，到处充满着笑闹声。

城堡拆除后，人员外流，现城堡内保留了部分宅基和三口古井遗址，而井也被石块填平，失去原有功能。过去人们出大峃城，往瑞安方向，便由樟岭村或沿着城堡出行。

现樟岭村府西路边上还有一条樟岭通往峃口方向的古道。路边还保留着一处古朴的木构建筑，旁边的泥房屋已倾塌，仅剩下摇摇欲坠的残墙。向当地人询问文瑞大路，人们则说，近年由于修路加上城乡建设，原路已不复存在。

从原路往峃口方向走，已不可能。现樟岭村修有一条可通向峃口方向的乡间公路。我们一行人驱车沿山路前往峃口，沿途经过和尚垟、雷坑、桥坑等处，不停地向村民打探文瑞大路的情况。

问询中，村民像看猴子一样看着我们，明明开车行在还算开阔的乡间公路上，问什么文瑞大路？待弄明原委后，均回复老路已不完整，鲜少有人走了。

到了峃口，提起此路，一些上了年纪的人还会聊上几句。

峃口为县城东南门户，是一个古镇。"处州十县九无城，温州五县六条城"，六条城中就有峃口城。峃口城即指峃口古城堡。因峃口古城与樟岭古城各为半城，后人也常将两城相提并论。

通往鱼局段古道

　　旧时，峃口是瑞安、平阳、青田、泰顺四县陆路交通枢纽；作为泰顺、瑞安、峃口三地水上运输中心点，峃口一度也非常热闹与繁华，亦是"军事要塞"，有敌来犯，常常经过此处。峃口东行经大垟培，至营前通瑞安；南行经九溪，至公阳通平阳；西行经隔岸堂，至珊溪通泰顺；北行经樟台至大峃，亦可由鱼局经桥坑至大峃。

　　那时，峃口码头、渡口密集，水上运输发达，辖有吴垟岭根、百谷山、九溪等渡口。1958 年以后，文瑞公路、文成至玉壶公路、峃口至珊溪公路相继通车，往来物资及旅客逐渐转向陆运，水运业日益衰落。2001—2005 年，飞云江左岸 56 省道复线建成，其他道路又渐成次要路，包括文成至大峃的水路、此前的文瑞大路。

　　但对文瑞大路，峃口镇人还有许多记忆。一位张姓老先生谈起他小时候的经历说，他十二三岁的时候，经常与一帮小伙伴走此路。从峃口到大峃，二十里的山路，要经过"三条岭上，三条岭下"才能到达。

观景台下的飞云江

他们常由鱼局村开始走，途中跑跑跳跳，来回也要三个多小时。那时到县城，并没有什么事，只是为了玩，经常到县城后，一群小伙伴，一人吃一根冰棍就回来了。有时也会在樟岭城逗留一会儿，在城墙上爬上爬下，开心得要命！

另一位老先生则说，1969年，他在文成中学读书，挑着书本及生活用品，也是由此路去文成，那时要走两个小时才到达学校。

在56省道复线建成后，原大峃至峃口的文瑞大路上半段也进行了改建，就近修了一条宽四米以上的盘山公路。现在人们出行，不是走56省道复线，就是由盘山公路而行，再无人走此前"三条岭上，三条岭下"的老路了。

尽管如此，鱼局半岭处上下各保留着一段通往大峃及鱼局渡渡口的老路。我们几个人也沿着上下两条路走了走，沿途道路曲折悠长、林木茂盛。此时正值秋冬季节，远望山间，层林尽染、五彩斑斓，而近处，芭蕉舒展着身姿，偶有鸟雀在芭蕉果与叶间婉转，甚是美好。

之后我们爬上峃口半岭一处观景平台上，站在那里，就像在天界俯视人间一样。向下俯瞰时，可看到飘带一般的飞云江，及峃口镇两岸的湖光山色，江水在阳光的照射下，波光粼粼，美不胜收！

途中，还遇到一位住在半岭村的老妇人，她正在山路边捡拾苦槠的种子，准备用它做苦槠皮或苦槠豆腐。得知我们在寻找峃口去大峃的古道时，侃侃而谈道，50年前，她常与几个同伴，挑柴到樟岭或大峃去卖，来回大半天时间，一担柴仅卖1.5元，但还是很高兴。后来新路修好后，便很少走了。

随后，我们又来到飞云江畔，站在鱼局村山顶的一处高坡上，可看到飞云江与鱼局村。多年来，我对鱼局村一称感到好奇，为什么叫鱼局，鱼局是个什么局？一问，解开了疑惑。鱼局村原叫鱼濯村。因村中有一深水潭，潭底有三块大岩石，多洞穴，鱼儿喜在此生活，冬天浅水期，欢快的游鱼历历可见，故名鱼濯潭。村以潭得名。后人为书写简便，以方言同音字"局"代"濯"。

先前鱼局村曾有一渡口。村人说此渡口曾是大峃到瑞安城的重要渡口。站在山坡上，村民指着村口一棵大树说，那儿便是鱼局渡，由大峃方向去往瑞安，或由瑞安方向前往大峃，都是由此摆渡。

由鱼局方向摆渡到彼岸，便是文瑞大路，由此可去往瑞安与温州市区。过去，人们便由此处走往他处。后随着56省道、高速公路的建成，过往的山道、水路皆成历史，仅活在人们的记忆里了。而我对文瑞大路的书写，也只能到此！书写此，也仅为记！

珊溪至葛藤坳古道，也苍郁，也清冽

先前，住在珊溪，常与家人由珊溪经仰山回桂山老家。出珊溪后，偶尔会看到挑着物品的行人在山间的道路上行走。他们说，那是去西山或均山的路。因未走过，便觉陌生。

后来得知，那条路始于明代，是珊溪通往葛藤坳古道。因修建文泰公路，通乡公路时被分割为：西山岭古道、均山岭古道、三十六培古道等。古道由此变得零碎起来，但又有一种《隋书·地理志》所描述的那种"古道繁织、逶迤远上"的意境来。

古道既有它的意蕴，也有它的来处，《古道歇棚记》记载："古道者，古来人世跨空移时、运往行来之途；贯朝穿代、纫忧缀乐之线。"在几千年文明历史的烟尘中，古道不仅承载着运输，还承载着人类生活的艰辛、商贾的兴衰、历史的更替，并连接着路这端与那端的文明。如果每条古道都承载着历史，珊溪至葛藤坳古道一定也有它所蕴含的内容。

珊溪至葛藤坳古道自珊溪街起，经西山、均山、三十六培、平溪坳、吴地、葛藤坳出境，进入泰顺横坑界，道路全长 15 千米。未走之前，我对其一无所知。为写此文，我又走了走这条道路。

珊溪是一个古镇，古到可从新石器时期算起，飞云江畔的鲤鱼山上就有一处古遗址。珊溪，明清及民国时期属瑞安县，曾是埠头与

君阳村古民居

商贸之地，最繁华的地方便是珊溪老街。老街位于街头村至街尾村，长仅千余米，但过去街道两侧店铺林立，有百货店、药店、打铁店、客栈、染布店等。当年附近乡镇村民均来老街购买生活用品。

那时，珊溪为飞云江中上游主要埠头地，也是瑞文泰地区水陆交通枢纽和经济往来重要集散地。水运繁荣时期，飞云江上船来船往，热闹异常。

除水路外，珊溪至葛藤坳历来为泰顺泗溪，闽东一带陆路物资运输、商贾往来之通道。泰顺、分水关公路未通之前，泗溪、闽东等地均经此路运公粮、茶叶、山货至珊溪转船运，并从珊溪运回生产、生活物资。文成大峃、峃口、黄坦、珊溪等地手工业匠人，前往福建一带谋生，亦经此路出入。后来随着文泰公路的通行，此路行人渐少，渐至荒僻。

重走时，我们由珊溪老街街头村首一处沿石阶而行，拾级而上时，远远就听到"叮叮当当"的声音，走不多远，便看到一家中字打铁铺。这是老街里经营了几代人的老字号打铁铺，从爷爷、父亲到儿子都是铁匠。

店铺主要打制一些锄头、镰刀、锅铲、菜刀、剪刀、门环等器具。铺子外还挂着一副对联"铁硬钢优不经烧打难成器，水深火热尝尽炎凉始见才"。对联不仅记录着打铁人祖辈冶铁的技艺，也传承着做人的道理：人生只有反复锤打、淬炼，才能浴火重生，成材成器。

我们在门口看了一会儿，打铁师傅不时从炉火里取出烧红的铁器敲打，发出"叮当，叮当"铿锵有力的敲击声。那声音清脆悠远，器乐一般，每敲击一下，似乎能将人敲回去几百年。

出打铁铺不远，穿过加油站边上的马路，便是西山岭古道，此为清代建筑。此段是珊溪街头至西山村，全长 2500 米。旧时，此岭属浙闽大道的一段峻岭。文泰公路通车后，这段石岭虽被冷落，但由于珊溪至西山乘车与步行时间几乎相等，步履者仍络绎不绝。

西山岭沿途崎岖，但风景尚好。倘如无人介绍，我们只能东张西望，或默默前行。但与我们同行的一位摄影师是西山人，这条路对他来说十分熟悉。过去他在桂山乡政府上班，未通公路前，

他常由此路行走。前后走了8年。通常早上7点从家里出发，12点
左右到达桂山，刚好赶上吃中饭。

　　途中他介绍着，此前他走古道时的情景，及途中哪个地方陡峭难
走，哪个地方曾有吉他厂、碗窑、砖瓦窑，或某处有个亭子，几棵
树之类。在他的介绍下，那条我们原本陌生的路变得有意思起来。

古道

在西山岭下山垟村处，摄影师指着一处坡地说，以前这里是座碗窑，清至民国时使用，现已废弃。坡地并无标志和特别之处，上去才发现，山坡上到处散落着盆、罐、盘、碗之类的碎片，那些碎片既没有图案，也没有光泽，想来烧制的定是当时人们使用的粗制陶器，因为没有一片是精致的。

走不多远，便看到摄影师所说的那座亭子。亭子位于一个拐弯处，因旁边有两棵高大挺拔的古枫树，故叫双枫亭。两树均有300多岁。此时，树上的新绿刚刚抽出，带着春日的欣欣向荣。亭子内有供人休息的石凳，墙上竖有一块西山岭碑，介绍亭子由来及功能。

站在亭边的田坎上，可看到珊溪全貌。珊溪既不是大都市，也没有令人惊艳的景致，但看到那条蜿蜒而去的飞云江，总让人联想到昔日帆影点点的水运光景。此路与那条路不仅是人们走向此处或他处的连接，在某处也有着丝丝缕缕的关联。

前行中，由于古道多次被城乡公路从中"插上一脚"，道路变得断断续续：有的还保留着山野古朴的模样，有的已被修筑成水泥路面，有的被切断后，只能穿越公路进入下一个路段。

行至均山古道时，印象颇深一些。均山村因地处君山下，以山得名，初称君山村，后演变为均山村。但村名与地名总是在君与均之间来回切换，颇让人迷惑。

此前县文化部门曾对均山古道进行普查，判断此为明代古道。古道全程约3千米，道宽1.5米左右，路面主要以卵石铺就。古道上通君阳村、山华林场，下达西山村、珊溪镇，因途经均山村而得名均山岭，为旧时村落的主要交通要道。两侧有古枫树57棵，沿途有大面积竹林、松树林，还有村落泥墙房、地主殿、茶山、白岩前双通亭等。古道因修建通村公路，途中多处被截断。

在均山村、君阳村我们多逗留了一会儿，不仅在那些布满青苔古朴的石道上徘徊，还在砖瓦窑址、梅树宫及几座古建筑前流连。

在君阳村那座垒着石墙，围着栅栏的古民居前拍照时，发现门口的梁上竟悬挂着"瑞安县第五区西山乡均山第七号"的门牌。在书写文成的十多年间，我走过文成上百个大大小小的村落，首次见到这样的门牌。

当了解均山的历史，便又不觉得奇怪了。均山同珊溪一样原属瑞安县管辖，民国时期曾属瑞安县第五区，后划归文成，现属珊溪镇管辖。但几十年后，一个偏远山村的门上还悬挂着瑞安县第五区的门牌，多少让人惊讶！

我们想要多了解一些从前人们在此的生活，以及古道上人来人往场景，可村民提供的内容实在有限。

尽管此处是旧时的交通要道，人们肩挑背驮来往经此，也无法改变此处的偏僻。山高路陡、偏僻、荒凉是这里的代称。

摄影师说，山华林场及三十六培林区就分布在离此不远的山坡上。当初他在桂山乡上班时，因山高路远，交通、通信都不便，有时连续上一段时间的班后，就会回家休息几天。倘若乡里有急事，或有人找他，便很难联系得上，往往是桂山乡打电话到西山乡，通过乡村广播通知他立马回到所在岗位。广播一响，一个乡里的人都知道有人要找他。

在他的叙述里，既体会到时代的变迁，也体会到当时生活的不便与辛酸。同时也对一个地名感到好奇：三十六培！

方言称横在山腰间的道路为"培"。均山岭头至平溪坳古道要经过三十六条湾峰，故称三十六培。林区以驻地三十六培得名。

三十六培处古道由青石铺就，仅有 1.5 米宽左右，有段路非常陡峭，几呈垂直状。因是林区，道路上布满了不同形状的叶片，尤其那些针状落叶，踩上去非常溜滑，如冰面一般，不小心就一个趔趄。

三十六培古道

晴日里尚且如此，若遇雨天就更湿滑难走。但过去，人们就是在这条路上来来往往。一到伐木季，工人们更是扛着木头上上下下。

最难的一段路走过，后面的路相较平坦了许多，但沿途林木茂盛，灌木杂草丛生，周遭便显得树林荫翳，荒僻冷落。走在此处的古道上，唯一的乐趣，便是风吹得够猛。有时候，你不知道风往哪一个方向吹，亦能感受到它将头发吹得乱七八糟的疯样。林间不同的鸟儿在婉转鸣唱，那些歌都清丽动人，听罢，会让人感慨，鸟儿比任何歌唱者都精于此道。沿途还看到许多砍伐下来码放整齐的木材。走在这条道上，便有种苍郁且清冽的感觉！

过三十六培便是平溪，此地属文成桂山乡管辖。我对平溪最深的印象，是村里生长着两株千年银杏树，均高达40余米。这两株银杏树是由毛崇夫植于北宋景德年间。毛崇夫，瑞安（今珊溪毛处）人，北宋雍熙二年（985）敕赐进士出身，至道元年（995）授翰林院正字，景德三年（1006）赠正朝散郎，迁国子监祭酒。任满归里时，囊无别贮，仅携银杏、核桃、榛栗三种果树种子，分贻子孙种植为记。平溪的两棵银杏在毛崇夫当年归乡之前的景德二年（1005）就已种下。

平溪坳位于三十六培与平溪村之间的山坳处。山坳间仍保留有供行人休息、遮风避雨的亭子一座。亭子为石木结构，沿墙有一圈木制长靠椅，亭顶已坍塌，长椅也破损不堪，亭内放置着一些柴草与砖块。因少有人走，小小的道路几欲被荒草淹没。尤其通往三十六培处，茅草丛生，此时是春日，待到夏天野草蔓延时，想来便不会有人趟遍荒草去走它。

过平溪坳，在吴地村那条路沿着村外一条小溪行走，可走到葛藤坳。葛藤坳，因葛藤较多而得名，是通往文平泰三县要道，地势平坦，上下通达。由此往前，下一站便是泰顺横坑。旧时行人到此，会停歇一下。后村民在葛藤坳分岔路口建一亭子，下雨或烈日，行人便可以在此休息，或遮风避雨。现亭子还在，内有长凳供行人歇息，边上竖有碑记一块。碑记掩映在灌木中，上面介绍着亭子的来历及种种。

至此，珊溪至葛藤坳古道走完。虽走得断断续续，但看着由葛藤坳路口去向泰顺方向的山岭，想着过去人们便是由这里走进来，或走出去，便想到过去、远山、蜿蜒的路程，及绵延而去的历史。一段古道既是一段历史，也承载着未来。

文章写好后，我又重走了这条路。那天下着大雨，当我撑着伞，端着相机，站在三十六培那条雨雾迷蒙的古道上，有着瞬间的恍惚，明明知道雾的后面是一段十分陡峭的青石路，却有种感觉：如果世界有尽头，那便是世界的尽头。在我的印象里，世界的尽头不是悬崖，便是云雾弥漫。

百斛长空抛水晶

疫情过后的某天，像龙卷风一样，文成百丈漈瀑布的各类信息突然铺天盖地席卷而来。短时间内，文成成了一个热闹的地方，各路人马从全国各地，甚至世界各地，潮水一般地涌来，百丈漈瀑布景区顿时成为一个水泄不通的地方，即便当年刘基辅佐朱元璋打下大明江山，文成都未这么热闹过。

百丈漈瀑布

百丈漈瀑布距文成县城不远，从景区下入口进去，乘车约二十分钟便可到达。从上入口进去，路途稍远些，沿途可看到巍巍群山及梦幻的风景。春季，可看到漫山的桐花，那些白色的花将山点缀得像一个梦;深秋，层林尽染，枫林更是将山野装饰得似一幅画。晴天，天高云阔;雨天，云雾缭绕，犹如仙境。但最美的风景，还在百丈漈，那里以瀑著称。

百丈漈瀑布以高峻雄壮冠绝华夏，号称"天下第一高瀑"。瀑布集"天下第六福地"南田的高山平台之水，常年均有宏量激流从高台边崖冲刺而下，形成总落差 287 米"一漈雄、二漈奇、三漈幽"的特色阶梯形瀑布群。其中以百丈一漈最为绝奇，漈高二百多米，三面绝壁如削，峡谷深壑如空，天顶飞抛三千银练，峭壁浮悬七彩虹桥，水石相击，犹擂千鼓，瀑流呼啸，气吞苍山，蔚为壮观。百丈二漈、三漈又各有绝色，自古就有"头漈百丈高，二漈百丈深，三漈百丈宽"之说。

由下入口进入景区，沿着蜿蜒的小路向前走，走不多远，可看到一座桥，桥梁横跨溪面，像一弯新虹掩映在绿树丛中，桥在绿丛中影影绰绰，有些梦幻。沿着桥向前走，未走近便听到哗哗的水流声，远远便看到一处宽宽的瀑布由上而下悬挂下来。这就是三漈瀑布群。

迎着水汽，沿着弯弯曲曲的小径往前，便来到了三漈。大大小小的瀑布群一字排开，有的如银河倒泻，有的似水雾弥漫，有的如海浪汹涌湍急，有的似云烟蒸烟吐雾，一处处水流掠过巨岩，绕过石间的青草，在山间欢快地奔腾流淌，水花出其不意地旋转，像一群天真烂漫的孩子在水中嬉戏。

三漈水流旁排列着许多巨石。前行时，要穿越这些巨石。穿行在巨石之间，会想起和这些石头有关的传说。传说女娲造了雁荡山，吕洞宾要造三漈与女娲相比。造就一漈、二漈，女娲得知后，化成女人下凡来到此地，此时吕洞宾把巨石变成羊群正赶着往前造三漈，女娲问他赶着一群石头做什么，破了他的仙法，羊群顿时变成了巨石散布在滩上不动了。结果便是百丈宽的三漈没能全部完成。不过民间的有些传说，为的是博人一笑，听听笑笑便好了。

绕过一块块巨石，前方是曲折迂回的碇步。过碇步时，我总是格外小心，生怕踩空落水。但湿身是难免的，过碇步后，要沿着台阶、小桥、栈道前行，沿途仍有多个瀑布，稍不留神，便被打湿。前行不多久，便是二漈。

二漈的水以深著称。瀑高 65 米，在栈道上，远远就听到轰鸣的声音，转过一道弯便看到二漈瀑，瀑的上首是一漈瀑，两瀑相连，上下相接，一瀑一级，飞流直下，十分壮观。

二漈瀑分上下水，当中折处有一个高 27 米，深 8 米，长 50 米的岩廊。岩廊西侧，是 600 多平方米的石坪，

当中是一个长 5 米，宽 3 米的"龙井"。廊中观瀑，瀑流如帘，飘飘洒洒，犹如花果山水帘洞。《南田山志》载："瀑流飞溅，其声如雷，旁有石室，故传为昔日吕洞宾炼丹于此。"

从廊中水帘处通过，水汽像雨雾洋洋洒洒，四处弥漫，下落的水流则像琴弦上流动的音律，缓缓地在空气里回旋、流淌，人未走出，

百丈漈二漈　林峰摄

已全湿透。常有人戏言："这是典型的湿（诗）人瀑。"隔着朦朦胧胧
的水帘向外看，水帘外面的景色更是梦幻，平台上的那些人在水帘
中更是唯美，梦中人一般。

水帘洞

　　水帘洞下是龙潭，方圆约五亩，平如镜、绿如碧，上端瀑流跌落即流入深潭。因叫龙潭，民间相传潭深百丈，直通东海。有龙女端坐金椅梳妆，被一牧童看到，龙女惊讶不已，即潜没潭中，不再露面。潭前十余米处有块 10 米长、5 米高的大方石，名为龙女梳妆台。传说龙女常从百丈深的龙潭跃出水面，在石上梳妆。因有此传说，此梳妆台常成为一些仙侠剧及流量小视频的取景地。

　　先前出水帘洞，过一大石，眼前便出现一条铁栈道，栈道依山崖峭壁而建，走在悬空的栈道上，上方的石壁间不时会有水滴滴下来，让人防不胜防，倘若冰凉的水落到脖颈间，会吓人一跳，瞬间缩紧脖子，走在后面的人，总不禁失笑。后来景区对栈道进行改造，由水帘洞反方向攀缘上山，解决了岩间落水问题，便看不到那缩脖的场景了。

　　过了栈道，来到一漈前。一漈以高著称，瀑高 207 米，宽 30 余米，素有"天下第一瀑"之称。并被上海大世界基尼斯认证为中国单体落差最高的瀑布，号称"中华第一高瀑"。

一漈瀑三面绝壁如削，仰观绝壁直插云天，俯瞰壑底，如见地狱，惊心动魄。当年刘基游百丈漈时，曾写下《观瀑》一诗：

悬崖峭壁使人惊，百斛长空抛水晶。

六月不辞飞霜雪，三冬更有怒雷鸣。

其孙刘鸢也曾两次写百丈漈瀑布，不过，《己丑四月重游百丈漈观瀑》的诗句更令人震撼一些，诗中他写道：

携朋百丈观飞瀑，胜境天成岂偶然。

浪滚银河千壑外，波翻赤壁万山巅。

天边云洒漫空雪，谷底雷轰入地泉。

共说南田山水秀，生州福地古来传。

走近一漈下方，立在那一弯石拱桥上，仰望上方，一面银色瀑布飞挂下来，令人感叹这才叫白练横空、飘云拖雾、银帘高挂、白玉溅花。望着瀑布飞流直下的壮观，我不禁在想，这才是诗句里"飞流直下三千尺，疑是银河落九天"的壮景。

过桥有一亭，叫观瀑亭，六柱六角，观瀑亭伫立于瀑布下方，与瀑布日日相望。立在亭中看瀑布，瀑布由瀑顶倾泻而下，其声隆隆，其势磅礴，气吞山河。因为 200 多米的落差，四面环绕的水汽在阳光下五彩斑斓，瑰丽无比。无边的丝雨、山间的清风迎面扑来，只一会儿，浑身已被水汽弄得湿透，虽湿了身，内心仍很喜悦。

如果说在百丈漈可以做什么，那一刻，唯愿做一滴水。由瀑布的顶端旋转着，以下跃的姿势跌入深潭。在清晨、在午后、在黄昏，随着水流轻盈而又欢快地流淌……

峡谷幽深处

　　某次做人物专访时，谈到文成印象，马叙老师和我谈到了猴王谷。他说，文成有许多令人惊讶的地方，但他没想到，峡谷幽深处竟有这么一个地方，里面的植被、树木的形态是那么丰富多彩。在那里，能感受到树木的生命力，树木在季节变化当中逐渐变化的形态，从蓬勃到枯干，再到飘零的过程，甚至山水、岩石都有各自的生命形态。植被那种舒展、自由、蓬勃的姿态令他惊讶！

峡谷林木

山间的猴子

　　他的思想也令我惊讶！惊讶他从不同的角度去看同一个地方。

　　每一个前往猴王谷的人，似乎不单单为了看风景，还是为了看猴子。猴子的聪明灵动，总让人联想到人类，联想到自己。

　　此前我对猴王谷的记忆，是初次去那里的情景。那时，我纯粹是为了看猴子。当时景区刚开放不久，在里面走了很久，却未看到一只猴子，只在景区的入口处看到刻有猴子图像及文字的石头。

　　由于寻猴心切，一路上，几乎没怎么留意风景。只在匆匆赶路的途中，觉得丛林像飞鸟一样在眼前匆匆掠过，也看到许多飘零的落叶，静静地躺在台阶上，在春日的阳光下，绚烂多彩、斑驳生辉。

之后再去，不单是为了看猴子，也开始留意起谷里的风景及那些生命形态来。

猴王谷面积达 1000 多公顷，存有 2 万余亩原始次森林，千余种植物在景区内争奇斗艳，奇花异草在林中大放异彩。

在林中，所有的植被都是自由的，蓬勃地向上生长着，它们向上伸展的姿态，似乎在展示它们丰饶的生命。随处可见的古树及相互缠绕的老藤令人遐想，人们想象着那些猴子在其间荡漾飞越的场景，它们的朝气及野性，似乎能将我们打回原形，它们的飞跃似乎也能将我们荡回那个不断进化的时代。

在这里，水同原始次生林一样，五彩斑斓。谷底的水碧蓝澄澈，明丽见底。它会随着四周景色、光照的不同，呈现不同的色调。站

峡谷水流

在水边，你会看到映在水中的蓝天、白云、绿树、花草、飞鸟及行人。水中的鱼、缤纷的落叶，各种事物在波光里相互浸染辉映，像画盘里调好的颜料，艳丽无比。长久注视着水，似乎那水波能映出不安的灵魂来。

水在流淌，由峡谷处跌落下去，形成瀑布。那些瀑布悬于山间，如玉龙飞舞，气势恢宏；瀑布奔跑时飘散的水珠在轻风的吹拂下，如烟如雾，美不胜收；离瀑布近了，那些落在身上的水珠，在阳光的照耀下，五颜六色，格外耀眼。

沿着丛林的栈道一步步向前走去，弯曲的拱桥、绿波起伏的林海、各种各样的树木、奇形怪状的花草、造型奇特的古藤、色彩斑斓的落叶、跳跃的松鼠、飞来的野鸡、飘过的寿带鸟，以及隐藏在绿叶丛中的竹叶青像胶片一样，在你的眼前一一展开。当午后的阳光透过林荫洒在小道上，洒在身上，洒在万物上时，你会感觉，这儿的一切，都是那么自然、和谐、安静，且与世无争，所有的生命用它们的存在，用它们的形态，展示着出乎意料的美。

过年的风在这儿吹过

论过年，小孩儿再欢喜不过，总是盼着，过了年，又长了一岁，前面是无限的美好。大人对过年则望而生畏，过了年，又老了一岁，想想都觉得惆怅。因此，对于自己的年龄，小孩总是记得清清楚楚，而年岁大的人，则是糊里糊涂！

无论盼与不盼，年还是要过的。年，一年也就过一次，过了就好了！但在文成桂山，当地人除过传统的年外，每年农历的九月二十八，还有一个自己的小年。这个年像一阵风一样，年年在这座山顶上吹过。

这一天，村民们杀猪杀羊，宰鸡宰鸭。虽然这一天被村民称为"小过年"，但其热闹胜过过大年。人们不禁好奇，一个山乡小村，为什么每年要过两次年？

桂山地处文成县境南端，与泰顺、平阳、苍南三县交界。境内峰峦叠翠，最高峰仙岩山海拔达1125米，素有"文成西藏"之称。因地理位置特殊，明朝，曾是野兽出没与倭寇入侵之地。清朝年间，桂山与平阳交界处设有关隘。由于山高、坡陡，山路十八弯，前往不易，令人生畏。可不易到达的地方，总有别样的风光。站在山巅，远望群山绵延、叠峦耸翠，近观阡陌纵横、屋宇错落，宛若世外桃源。

桂山景色优美，境内有龙井潭、仙岩山、凤凰狮子山、古鳌源头等景观资源。最亮丽的景色是龙井潭，位于三垟村的一条峡谷内，谷内有一条古河床，河床高低不平、曲折蜿蜒。由于落差大，千百年来，经流水冲刷形成大小不一的壶穴，雨季，谷内瀑流如帘，甚为壮观。

桂山不仅风光旖旎，还是个民风朴素、注重传统节日的地方。每年的农历九月二十八，是桂山人过得比较隆重的一个节日。每逢这一天，村里便十分繁忙，村民们纷纷在自家门前杀鸡宰鸭，捣年糕，炊米饼，摆祭品祈福，祈祷家人健康、平安，年年五谷丰收。村子到处洋溢着浓浓的节日气氛，男女老少的脸上都洋溢着节日的喜悦。

许多人都对桂山的这个节日感到好奇，想知道它的来由。

桂山的小过年已有近 300 年的历史。乾隆年间，桂山开山始祖包氏第五代孙在外经商，一次经水路回家途中突遇风浪，帆船岌岌可危，他便双膝跪在船头，向上天祈祷：弟子上有老母，下有小儿，一家二十多口，全靠本人维持生计，如平安返家，一定建五显庙年年奉祀。说来奇怪，慢慢地风平浪静了，包氏祖公也就平安返回了。

峡谷

田间的风景

　　此后，子孙为报五显爷保佑之恩及纪念祖公的孝道，在桂山三垟村建庙，并定农历九月二十八五显爷生日为祭祀日。每年的这一天，家家户户杀猪杀羊，宰鸡宰鸭，做黄年糕、米饼之类拜祭。如今村民对五显庙的迷信虽破除，但小过年的习俗仍盛行不衰。现在过节，多以庆祝风调雨顺为主，每逢这天，村民还邀请亲朋好友共庆节日。

　　农历九月，是深秋季节，也是丰收的季节。此时的桂山到处飘散着收获的气息，稻田丰收后的喜悦、阵阵醉人的醇香溢满全村。过节之时，村人便用新收成的米制作黄年糕、糯米饼、米酒等。

　　桂山的黄年糕在温州一带比较有名，它的制作工艺十分独特，主要特色是在大米中添加草药。制作出来的年糕就呈现桂花的黄色，带有草药的清香，口感也比普通的年糕更细腻、更有韧性。刚捣制出来的黄年糕闻着有一股淡淡的面包的清香，吃在口里细腻、软滑、柔韧。

在桂山，黄年糕不仅在小过年时要做，每逢清明、春节等传统节日，桂山村民也都有做年糕的习惯。这些特制的年糕也是桂山的特产，在市场上颇受青睐。村民也喜欢将黄年糕作为礼品，赠送亲朋。

糯米饼是将糯米粉制作成薄饼，经烘烤而成的食品。食用时，在油锅中将米饼加热，配上米酒，烧至绵软，撒上糖，便可食用，吃起来香甜可口。无论是黄年糕，还是糯米饼，都是桂山人过节时的必备。

小过年虽是桂山包姓人的节日，但历史悠久，在当地已形成一种民俗文化。每逢这一天，当地人不管在哪儿，都纷纷赶回家来过节。游子们觉得，自己的节日，能回到家中与家人团聚，吃一吃家乡的饭菜，喝一杯家乡的米酒，就十分惬意。那种感觉就像有一缕清风打心底吹过，温馨而又平静，那是城市所不能给予的。

尤让村民感到欢喜的是，有时为了活跃节日气氛，小过年时，村里还会请来越剧团、木偶戏班等表演传统剧目，为村民们演出。这一

糯米饼

天，村里特别热闹，就连周边村庄的村民也赶来听听戏、看看木偶剧。

　　无论是越剧，还是木偶戏，开戏前，演员们先是为村民们送上吉利话，如恭喜发财，祝来年风调雨顺，大获丰收等，然后在烟雾弥漫的舞台效果中开戏。

　　相比之下，木偶戏颇吸引小孩一些。木偶戏台搭在一个宗祠里，戏台搭好，旁边便围了许多小孩。开戏时，师傅们在一块幕布后面表演，只见他们边熟练地操纵着木偶，边跟着木偶的身形咿咿呀呀地唱。给人感觉十分神奇，那么几根线，竟然将戏剧人物表现得细腻传神。师傅们表演着，老人和小孩子们则悠闲地坐在戏台前看戏，不时传来愉快的笑声。

　　无论台上台下，人们在这儿怡然自得，享受着自然而又恬静的乡村生活。在这个桂山人独有的节日里，无论是秋天，还是小过年，如今都有着多种释义，它更多的意味是收获，以及来年播种的希望，大概，这才是这一节日独特的韵味吧！

乔木与年糕

　　不知为什么，从小我就不喜欢那些吃起来黏糊糊的东西，因此，我不太喜欢年糕制品，汤圆、元宵之类，总觉得这些东西吃起来黏黏的，甚是让人讨厌。但自从多年前在桂山吃过一次黄年糕后，我对这种年糕便有一种特别的记忆。只记得，金黄的年糕端上桌，便闻到一股淡淡的面包香味，吃在口里细腻、软滑、柔韧，特别有嚼劲，越嚼越韧，越韧越香。时隔多年，仍对年糕的味道记忆犹新。自此，

黄年糕　毛振甫摄

我竟对年糕关注起来。

年糕是中国的传统食物，是以糯米等为原料、添加不同的辅料制成的节令食品。年糕又称"年年糕"，与"年年高"谐音，寓意着人们的工作和生活水平一年比一年提高。因为美好的寓意，春节期间，我国很多地区都有吃年糕的习俗。

年糕作为一种食品，在中国具有悠久的历史。汉朝时期，就有米制糕点的文字记载，这时的年糕称之为米糕，并有"稻饼""饵""糍"等多种称呼。古人对年糕的制作也有一个从米粒糕到粉糕的发展过程。明、清时期，年糕已发展成市面上一种常年供应的小吃，并有南北风味之别。具有代表性的有北方的白糕、塞北农家的黄米糕、江南水乡的水磨年糕、西南的糯粑粑、台湾的红龟糕等。不管是南方风味的年糕，还是北方风味的年糕，通过烹饪，均美味、甜糯、醇香，具有浓重的历史气息。

在南北众多的年糕当中，文成桂山的黄年糕在温州一带比较有名，它的独特之处是在大米中添加草药。由于这种年糕比普通年糕更加香甜、柔韧、美味，许多人对这种年糕的制作工艺便十分好奇，尤其是它的颜色，总有人疑惑是否加了色素。

每年春节前，桂山人都有制作年糕的习惯。由于对年糕制作工艺怀着好奇，我曾从头到尾地观看过黄年糕的制作流程。

桂山的黄年糕已经有 300 多年的历史，以前完全是由手工制作，工艺流程特别烦琐，要经过多天多道工序才能制作出来，半手工也得两三天。后来随着市场需求增加，改由半手工半机器制作。桂山建有年糕加工厂，现在村中人制作年糕，为方便快捷，也多是几家拼在一起制作。

桂山的黄年糕工艺独特，其添加的中草药主要有白杜鹃、山茶、毛枝连蕊茶等一些冬季不落叶的乔木，将它们新鲜的枝叶烧成灰用水

毛枝连蕊茶

雪中的毛枝莲蕊茶

沥清后和槐花米一起加入制作年糕的米中，这样制作出来的年糕就呈现桂花的黄色、草药的清香，口感也比普通的年糕更细腻，更有韧性。由于加入的草药具有祛湿解毒的功能，黄年糕也就具有了保健作用。每逢清明、春节等传统佳节，桂山村民都有做年糕的习惯。这些特制的年糕也是桂山的特产，在市场上颇受消费者青睐。

制作黄年糕，首先需制作草药水。村民先将植物的枝叶烧成灰，待灰冷却后用水沥清，加入事先泡好的槐花米，再将水烧开，这便是制作黄年糕的草药水了。

其次是炊米。先是将事先准备好的草药水拌入制作年糕的米中，拌匀后，放入木桶中置于炉上大火炊熟后待用。

接着是做成品。这个流程要几个人一起配合，先将炊熟的米倒入制作年糕的板上，人工送进机器槽内，第一遍出来的是模型，因为头遍的年糕表面还很粗糙，再经过一到两遍的打磨，年糕才光洁圆润成型。

最后是冷却。刚出炉的年糕又软又黏，为便于储存，出炉后就要将其分段，放在容器或木板上冷却后才能收存。

这是半手工制作的流程，纯手工制作工序更是烦琐。先是人工将炊好的米在石臼内捣碎、捣糍，然后才在模具里制作。模具的形状有多种，有圆、有方，上刻有花鸟鱼兽及人物图案，制作出来的年糕，更是光洁精致，十分漂亮，过去这是走亲访友的馈赠佳品。

无论是哪种方法制作，刚做出来的黄年糕都像桂花的颜色，黄灿灿的十分好看。新出炉的年糕未冷却时可以直接食用，味道甜润、细腻、醇香。冷却后需要烧制，烹饪的时候，无论是煎、炸、片炒和汤煮，都比一般的年糕细腻、软滑、柔韧，口感香甜可口，令人回味。

黄年糕不但味道香甜可口，而且营养丰富，还具有健身祛病的作用，因为黄年糕里含有蛋白质、脂肪、碳水化合物、烟酸、钙等营养

蒸米

烹制的黄年糕　毛振甫摄

元素。虽然黄年糕具有一定的营养价值,但它是一种不易消化的食品,一般不建议多吃。尽管桂山的黄年糕含有草药成分,对肠胃影响较小,但也不宜多吃。

年糕由于是米制品,容易干,储存方式也有些不同。旧时,把年糕浸泡在清水里,需要每天清洗换水,才能长时间保存,否则容易变酸变质。现用真空包装的年糕,储存时间略微久些。无论怎么做,桂山的黄年糕,味道总是特别醇厚一些,当吃过这种味道的年糕后,其他口味的年糕,便入不了口了。

蓝靛，是最深的蓝在说话

　　近期看了玛吉·尼尔森的《蓝》。看到封面，瞬间如同遭受电击一般。那纯正的蓝靛色，是我心仪的色彩。多年前看到章诒和与贺卫方合著的《四手联弹》那蓝色的封面时，就曾被那抹蓝色击中。

　　《蓝》是一部哲思性散文作品集。全书由关于蓝色的随笔组成。作者通过诗一样的语言，旁征博引，对蓝色这一人类历史上最多人喜爱的颜色进行了思考。阅读的过程中，我也对这一色彩进行了思考，尤其书中多次出现的蓝靛这个词。蓝靛是一种草的名称，也叫蓝草或靛青。

　　蓝靛草可加工成染料蓝靛，用蓝靛作染料，经过手工操作，可把布染成深浅不一的蓝色，或更具体的月蓝、深蓝、灰青等色彩。染成恰到好处的中蓝色，是蓝靛最迷人的色彩。我喜欢蓝靛的颜色，觉得那是天地间，最让人一见钟情的色彩，哪怕那种色彩，带着丝丝的忧郁，仍让人一见倾心。我甚至对种植蓝靛的人，都带着莫名的好奇。千百种植物，为什么要种蓝靛呢？想来那植物一定有着它独有的魅力。

　　过去，文成也是一个大量种植蓝靛的地方。有文字记载，清末与民国时期，文成西坑一带的村民，以种蓝靛为业。清末宣统年间，上垟村就有一户人家创办染布店，曾开垦荒山二十亩种植蓝靛，加工蓝靛染料，或用于染布，年产可达五百斤。民国时期，都铺下村中有西里搬来的叶氏人家，也以种蓝靛为业。玉壶一带也有许多村民以种蓝靛为生。甚至有些地方，因种蓝靛而出名，地名也与此有关。县城边上有处地方叫靛青山，此山便是因古时有人在此种植蓝靛而得名的。

我对靛青山一称总带着疑惑，为什么不叫蓝靛山而叫靛青山呢？因文成人习惯将蓝靛称为靛青。村子也以靛青山得名。因此，每次听到靛青山，便觉得此地带着浓浓的色彩，颇有意蕴。但至今，除在图片上，我没有见识过真正的蓝靛。只能想象，那植物的样子，那累累的蓝色果实如蓝莓般挂满枝头的壮观。

那时人们种植蓝靛，大多作为脱贫致富的一个途径，如打制蓝靛，用于染布。

制蓝靛和染布的工序比较复杂，首先采集蓝靛草放到蓝靛池浸泡一周左右，然后排除废渣，按一定比例配备石灰溶于池内，不断打击搅拌，直到池里的水变成蓝色，沉淀数日，将废水排出，可见蓝靛固体在池底凝结。染布时，需要将布放置入稀释好的蓝靛水中进行浸泡，然后摊晒，不断重复这一工序方可染制成功。

旧时各地除专业染坊外，几乎每户都有小染缸，随时染蓝、青棉线和青布。虽是小染缸自染的青布，但色泽鲜艳，保色期长。那时受条件所限，布料上色也较单一，色彩中人们也较喜青色，如青衣青裤、青围腰、青袖口、各色花帕、花垫单总少不了青色。

尽管知道青色大概是介于绿色和蓝色之间的颜色。有时候，我又分不清青色到底是种什么颜色，因为青山里的青指的是绿色，青天里的青指的是蓝色，而青丝里的青又指的是黑色。如果有人告诉我，所买的东西是青色，我就得思量半天，到底是绿呢，蓝呢，还是黑呢？

倘若有人告诉我，青就是靛青色，就容易分辨多了。因为有人曾

蓝夹缬之一　文成一壶茶居提供

引用荀子的那句"青出于蓝而胜于蓝"，似乎便可以定义青的色彩了。

在我印象中，民国时期的衣服，是最典型的青色系。女学生的衣裤、旗袍，男子的长袍、马褂皆为青色。后来的围裙、背孩子的背巾、布鞋也是青布做成。似乎由于这种原因，当年，那种土法靛染工艺才一代一代沿袭下来。

如今，仍有一些地区，人们用这种土法染制纱线及布料。因为仍有很多人喜欢这种工艺，以及蓝靛所特有的色彩。众多的色彩中，为什么很多人喜欢蓝色？对喜欢蓝色的人来说，可能蓝是一种"根本不能回应你的爱的东西"。当所有的色彩集一身时，似乎是"最深的蓝在说话"。

　　如果蓝会说话，人们会让这个色彩开口。人们不仅喜欢看蓝色的天、蓝色的海；也喜欢蓝色的花、蓝色的眼睛；看蓝色的书及电影，似乎也喜欢听带有蓝色的音乐，穿蓝色的衣服。尼尔森在《蓝》里说，就连雄性的缎蓝亭鸟为了求偶也会疯狂搜寻蓝色物品装点"求偶亭"，它会收集蓝色的票券、蓝色的花卉、蓝色的瓶盖，甚至会为了得到蓝色羽毛而杀死其他小鸟。就连鸟都为这一色彩这么疯狂！让人喜欢到极致的东西，总有它的独特之处。

　　尽管我喜欢蓝靛及其色彩，但我对这一工艺了解得并不是很多。对它的接触都很偶然，就像邂逅某人一样。

　　一次，在山间的一座房屋里，我曾看到一位老妇人端坐在织布机前织布。像时光穿越了一样，不禁让人想起"唧唧复唧唧，木兰当户织"的场景，便好奇地走进去。只见那老妇人双脚在踏板间上下交替，双手轮换着操纵机杼和梭子。她的手上下翻飞，穿梭往复，像两只贴着地面飞翔的燕子。娴熟的动作在七彩的纱线上滑动，像流动的琴弦，十分优美。织布机的旁边则摆着纺车、纱轮、棉线、梭子、线拐、梭线等工具。

　　老妇人见我好奇地看她织布，便停下来讲起了她的过往。她说，过去生活不像现在这么方便，要什么买什么，那时穿的衣服多数是自己做的。穿得最多的是土布，俗称"粗布"。一般农户备有手摇纺车或脚踏织布机，自种棉花。那时先是用纺车将棉花纺成线，有的先着色用绢机织成粗花布，有的先织成本色白土布，再送染坊用靛青染成青色或蓝黑色。染线，也要先用绞车将纺好的纱锭绞成数股，便于浆洗染色。

　　过去人们穿的衣服，最多的是靛青染成的。哪怕是一块靛青染成的粗布，制作起来，工程也很浩大。人们从纺线到织布，再到制作成衣，中间要经过几十道工序，过程十分烦琐。织布便是那时候大多数女

蓝夹缬之二　文成一壶茶居提供

蓝夹缬之三　吴海红提供

人的生存技能。所以，女孩子从小就要学会做针线活和织布。

这不免让我想起小时候，我母亲教训我们的话来："如今你们不学拿针拿线，将来就只能躺在大树底下。"

这番理论颇让我好奇，不会针线，和大树有什么关系？便问："为啥？"

"还为啥？你不会纺花织布也就算了，还不会穿针引线，将来只能躺在大树下等鸟喂了，饿了就张嘴，鸟拉了你就吃，鸟不拉，饿死你！"

"为什么是吃屎，不是虫？"

"你又不是它生的，为什么要喂你？"话说得有些狠，但道理是深刻的。

的确，过去的女人要比现在的女人有工匠精神，不仅要有纺纱织布的技能，还得有当裁缝和厨子的本领。我母亲那时候应该预想不到，

蓝靛与上机的纱线

几十年之后，连她都在穿流水线上生产的衣服，经常和我们一起吃外卖。

话又说回来，我也很庆幸没生在过去。因为织布的工艺太难了。织布从采棉纺线开始，到上机织布，要经过轧花、弹花、纺线、浆染、经线、吊机子、织布等大小七十二道工序，所有工序全部采用手工操作。

手工织布一般织得最多的是粗布，多采用全棉织造而成。粗布虽然纹理粗糙，但透气性好、富有弹性、持久耐用，具有极高的使用价值。当然，那时生活条件有限，对很多人来说，年年能添件蓝靛印染的粗布衣裳，也是件很奢侈的事了。

有时在乡间，我仍看到不少老人腰间围着的一块蓝白条纹相间的围裙，当地人叫"拦腰"，以及背孩子时所用的蓝色背巾，那些布大多都是村民自己所织，其色彩也是由蓝靛染成深浅不一的中蓝或深蓝色。

那天在那位老妇人家中，我也看到了已织好的一卷卷天然的粗布。其中就包括拦腰布及蓝背巾。那些布的图案是靠各种色线交织来体现的，色彩或亮或淡，风格粗朴豪放，一点儿都不张扬。这种一梭一梭精心织成的粗布，蕴含着古老的人文气息，让人有一种既返璞归真又舒适自然的感觉。

某日在南田采访时，刘天健老师就赠送了我两块由他老伴所织的蓝白条的拦腰布，织布所用的蓝线便是由蓝靛染成。蓝白相间的布，粗放中带着意韵。尤其那蓝，似乎会说话，它不仅说的是色，也是光。

那些由蓝靛印染的布，如蓝色的银幕，带着光，就像光有光的来意，在那种蓝里，似乎蓝也有蓝的来意。蓝似有千变万化，留给人们许多想象的空间。

于是，人们除用蓝靛作简单的印染之外，还会用更复杂的工艺制作更精美的作品。中国传统的印染技艺"四缬"中的夹缬、蜡缬、绞缬、灰缬，即今天所说的夹染、蜡染、扎染、蓝印花布就是蓝靛印染杰作。我经常会在某些场合看到和蓝靛有关的场景，及一些专注此艺的传承人。

某年的某月，我曾看到文成一些老师带学生参加一些蜡染、扎染制作的社会实践活动。当看到他们用靛染这种传统工艺制作出来的作品，甚是惊奇。但不管是蜡染，还是扎染，都比不过夹染在温州人心中的分量了。

夹染技艺曾普遍流传于温州一带，温州人称其为"蓝夹缬"。曾经温州各县市区都流传着这一传统工艺。蓝夹缬起于秦汉，盛于唐宋，唐朝曾将其作为国礼馈赠各国使者。这些实物，至今仍被英国大英博物馆、日本正仓院等博物馆视为国宝级珍藏品。元、明后，蓝夹缬向单蓝色转化，最后仅在浙南地区保存下来。温州至今仍完整保留雕版、制靛、印染等工艺。乐清、瑞安、苍南一带保护和传承得最好。

我在瑞安、乐清两地曾看到过他们制作蓝夹缬的过程。织物上多以晚清至民国时流传的昆剧、乱弹、京剧等戏文情节为主要纹样，辅以花鸟虫兽等吉祥纹样。工艺之复杂、之精美，令人惊叹！

我也曾在温州一些文化活动与个人收藏中看到过那些制作精美的蓝夹缬。蓝底白花的图案、色彩调和的人物、独树一帜的印染工艺，在织物中颇具特色。由于这种布印染工艺复杂，且没有大批量生产，有时候，一布难求。

文成也有一些收藏此工艺品的爱好者，他们总把蓝夹缬当宝贝一样收着。尤其那印着文成特有的"大岰染店"字样的蓝夹缬更显得珍贵！文成一壶茶居的老板是一位颇具格调的收藏家，他常与三五知己坐在他那古色古香的茶房里，闻着兰香，品着香茗，听着古琴，分享着茶经与收藏故事，店内的墙壁上挂着的和隔间的帘子都是蓝夹缬！我去过他店里几次，每次都被他店里那些藏品弄得眼花缭乱，茶都喝得不专注起来。总觉得那蓝色的帘子后面，藏着什么。

由于蓝夹缬过去曾是浙南民间婚嫁必备用品。除个人收藏外，温州一带的老一辈中，仍有不少人家中保留着印有蓝夹缬图案的"百子被""状元被"等。在乡间，偶尔还会看到它们被晾晒在古朴的院子中，那些传统的织物与传统的建筑倒也相得益彰。

当看过众多的蓝后，觉得蓝是一种最生动的颜色，无论月蓝、灰蓝、青蓝、浅蓝、中蓝，还是深蓝，似乎每一种蓝都会说话。如果蓝会说话，那么蓝靛，便是最深的蓝在说话。

后记　越是怕丢的东西越是要丢

　　我向来喜欢简单，此书原不打算写后记。想到还要做些交代，便增加了这道工序。

　　《细数浮生万千绪》是一本描写文成地方文化的散文集，与《时光对照记》为系列书。两书创作背景，皆是挖掘文成地方文化，书写乡愁。

　　为了保存即将消失的历史文化遗迹，2014 年初，文成县作家协会在县文化部门的支持下发起了"走遍文成"活动。通过实地走访，探寻文成境内的古人古物古风，通过抒写历史、刻画乡愁，进一步挖掘文成传统文化内涵，并在《今日文成》报开设了"地方记"文化专栏，定期刊出有关地方文化的稿件。栏目开设后，主要由我负责采编组稿。

　　栏目自开设以来，匆匆已 10 年，其间我们走访了百余站，共在《今日文成》报地方文化专版刊登了 230 余期共 300 余篇文章。由我个人创作的文字已达 50 余万字。

　　随着活动开展，10 年间，我走过文成 200 多个村子。一路走来，感慨颇多，古村落不仅在上千年的历史长河中不断发生着变化，也在我们走访过程中不停地变化着。往往前一天还在走访的村落，第二天就遭到破坏；2 个月前还保存完整的村落，2 个月后竟悄无声息地消失了；还有一些古建筑与古遗迹，因未及时保护，而被拆除或毁于灾难。每听到一处古村、古物遭到破坏时，我都心痛不已。不仅仅为它们的消失痛心，也为不可还原的文化痛心。它们的消失，让我觉得自己无比渺小，对它们的书写与保护也显得苍白无力。

出版《时光对照记》时，我曾在后记里引用了张爱玲的那句话："越是怕丢的东西越是要丢。"而在文物不停消失的过程中，我才深切地体会到张爱玲那句话的真正含义。

为了能让读者集中看到融乡情感悟、地方人文和现实关注于一体的文化书写，我便有了将这些文字结集出版的想法。由于写作还在继续，书稿遂分册进行出版。第一部为《时光对照记》，内容以走遍文成、村庄记忆为主，收入了我前5年书写文成地方文化的文章40余篇，图书已于2019年4月由浙江工商大学出版社出版。第二部原命名为《时光映象记》，后改为《细数浮生万千绪》，内容以风土人情、民风民俗为主，收入了我后5年书写文成地方文化的40余篇文章。2本图书除文字外，还收录了大量古村落、古建筑、古文物等的照片。这些幸存的老照片被收入全集，也借此得以保存。

两书的书写，均得到各界与各方师友的帮助。部分照片由县摄影家协会会员提供。除了感谢为我提供各类帮助的师友们，在此还特别感谢各类文史图书的编著者，本书许多稿子中的文史知识与专业数据均参照《文成县志》《文成乡镇志》《文成乡土志》《文成县地名志》《文成见闻录》《南田山志》，以及《浙江通志》《瑞安县志》《泰顺县志》《青田县志》等史料。是他们的辛勤付出，才让我在创作过程中，有各类史料可以查阅参照。

《细数浮生万千绪》一书也被纳入2023年度温州市优秀文艺扶持项目、文成县文化精品扶持项目。希望通过此书，更多的人对文成有更充分的了解，领略文成独具特色的人文风貌和丰富多彩的风俗民情。也希望借此图书给文成留下一些关于乡愁与美好的记忆！

张嘉丽

2024 年 1 月 16 日